U0123082

哥倫比亞的倒影

木心作品集

1986年攝

的皮靴，正宗來自蘇佛克郡。那便是同一工場同一批手工業師傅的製品，我還是認為這兩隻大皮靴是我的婆家的。

由倫敦到Sarmurdham鎮乘的是火車，來接的便是房東太太，一個獨居的，耽於寫作的女詩人。女詩人又怎麼樣，不過她真是嫻靜，自律。七鎊，每天也付是很低廉的了。要知道是包括了玫瑰盛開的花園，同樣玫瑰花的房間，床舖，電視音響是黑白，早餐黃豆是英式，亨利蛋等等。也好。這個地方叫Aldeburgn。

我們在此跑好幾個地方，如果是河流與海洋的交匯點，便是很美的景色。散步是保持快活，享有清靜，田間小徑曲曲，當海鷗嘰嘰飛出來時，才知牠們喜歡棲息在林叢深處。

Helmingham教堂，是一個全用磚石砌建的鐘樓，哥德式。

Cretingham教堂是依利亞莎之遺物。就座席是一間一間的小房——這樣就好了嗎。

Tollemache家族的大屋建於十五世紀，外牆取朱紅色的，後來在倫敦著名建築師Augus Mcbean全部

手跡

編輯弁言

木心的文章總是空襲式的，上世紀八〇年代他的《瓊美卡隨想錄》、《溫莎墓園》、《即興判斷》……曾那樣空襲過台灣不同世代即使最挑剔的讀者。一如葉公好龍，神龍驟臨，讓我們驚駭、感激、困惑、羞慚……像舉手遮眉抬頭望向天際，這些穿透二十世紀的文明劫滅或藝術心靈墮壞的灰色長空，如自在飛花，卻又如旋風如光燄爆炸的詩句，究竟從何而來？

他像是來自遙遠古代的墜落神祇——在某個意義上說，木心的那個世界，那個精緻的、熠熠為光的、愛智的、澹泊卻又為美為精神性叩問而騷亂的世界，在他展開他那淡泊、旖旎的文字卷軸時，早已崩毀覆滅，「世界早已精緻得只等毀滅」——他像一個孤證，像空谷跫音，像一個「原本該如是美麗的文明」之人質。有時悲哀沉思，有時誠懇發脾氣；有時嘿笑如惡童，有時演奏起那絕美故事，銷魂忘我；有時險峻刻誚，有時傷懷綿綿。

我們閱讀木心，他的散文、小說、詩、俳句、札記，如織如梭，難免被他那不可思議廣闊的心靈幅展而顫慄。我們為其全景自由的洞見而激動而豔羨，為其風骨儀態而拜倒而自愧。他是結結實實的懷疑主義者；他博學狡猾如狐狸，冷眼人世，似與老莊、希臘賢哲、魏晉文士、蒙田、尼采、龐德、波赫士……在一穿過人類文明曠野的馬車，蹦跳恣笑、噴煙吐霧；卻又古典柔慈在童年庭園中，以他超前二十世紀之新，將那裏脅著悠緩人情，戰爭離亂，文明劫毀之前的長夜，某些哲人如檻中困獸負手踱室，卻一臉煥然的光景，像煙火燒燎成一個個花團錦簇的夢。

此次印刻出版社推出之「木心作品集」，是目前為止海峽兩岸木心文集最完整之版本，其中《詩經演》一部，應可一慰讀者渴慕之情。哲人已逝，這整套「木心作品集」的面世，對我們，或如漫遊一整座諸神棲止的嘸語森林，一部二十世紀心靈文明墮敗與掙跳，全景幻燈，摺藏隱喻於他翩翩詩句中的整齣《紅樓夢》。

目錄

上輯

九月初九

中國的「人」和中國的「自然」，從《詩經》起，歷楚漢辭賦唐宋詩詞，連綿表現著平等參透的關係，樂其樂亦宣洩於自然，憂其憂亦投訴於自然。在所謂「三百篇」中，幾乎都要先稱植物動物之名義，才能開誠詠言；說是有內在的聯繫，更多的是不相干地相干著。學士們只會用「比」、「興」來囫圇解釋，不問問何以中國人就這樣不涉卉木蟲鳥之類就啟不了口作不成詩，楚辭又是統體蒼翠馥郁，作者似乎是巢居穴處的，穿的也自願不是紡織品。漢賦好大喜功，把金、木、水、火邊旁的字羅列殆盡，再加上禽獸鱗介的譜系，彷彿是在對「自然」說：「知爾甚深。」到唐代，花濺淚鳥驚心，「人」和「自然」相看兩不厭，舉杯邀明月，非到蠟炬成灰不可，已豈是「擬人」、「移情」、「詠物」這些說法所能敷衍。宋詞是唐詩的「興盡悲來」，對待「自然」的心態轉入頹廢，梳剔精緻，吐屬尖新，儘管吹氣若蘭，脈息終於微弱了，接下來大概有鑒於「人」與「自然」之間的絕妙好辭已被用竭，懊惱之餘，便將花木禽獸幻作妖化了仙，煙魅粉靈，直接與人通款曲共枕席，恩怨悉如世情——中國的「自然」寵幸中國的「人」，中國的「人」阿諛中國的「自然」？孰先孰後？孰主孰賓？從來就分不清說不明。

儒家既述亦作，述作的竟是一套「君王術」；有所說時盡由自己說，說不了時一下子拂袖推諉給「自然」，因此多的是峨冠博帶的耿介懦夫。格致學派在名理知行上辛苦湊合理想主義和功利主義，糾纏瓜葛把「自然」架空在實用主義中去，收效卻虛浮得自己也感到失望。釋家凌駕於「自然」之上，「自然」只不過是佛的舞臺，以及諸般道具，是故釋家的觀照「自然」遠景終究有限，始於慈悲為本而止於無邊的傲慢——粗粗比較，數道家最乖覺，能脫略，近乎「自然」；中國古代藝術家每有道家氣息，或一度是道家的追慕者、旁觀者。道家大宗師則本來就是哀傷到了絕望、散逸到了玩世不恭的曝日野叟，使藝術家感到還可共一夕談，一夕之後，走了。（也走不到哪裡去，都只在悲觀主義與快樂主義的峰迴路轉處，來來往往，講究姿態，仍不免與道家作莫逆的顧盼）然而多謝藝術家終於沒有成為哲學家，否則真是太蕭條了。

「自然」對於「人」在理論上、觀念上若有誤解曲解，都毫不在乎。野果成全了果園，大河肥沃了大地，牛羊入欄，五糧豐登，然後群鶯亂飛，而且幽階一夜苔生——歷史短促的國族，即使是由衷的歡哀，總嫌浮佻庸膚，畢竟沒有經識過多少盛世凶年，多少鈞天齊樂的慶典、薄海同悲的殤禮，尤其不是朝朝暮暮在無數細節上甘苦與共休戚相關，即使那裡天有時地有利人也和合，而山川草木總嫌寡情乏靈，那裡的人是人，自然是自然，彼此尚未涵融尚未鍾毓……海外有春風、芳草，深宵的犬吠，秋的丹楓，隨之綿衍到煎魚的油香，鄰家嬰兒的夜啼，廣式蘇式月餅。大家都自言自語：不是這樣，不是這樣的。心裡的感喟：那些都是錯了似的。因為不能說「錯了的春風，錯了的芳草」，所以只能說不盡然、不完全……異邦的春風旁若無人地吹，芳草漫不經心地緣，獵犬未知何故地吠，楓葉大事揮霍地紅，煎魚的油一片汪洋，鄰家的嬰啼似同隔世，月餅的餡兒是百科全書派⋯⋯就是不符，不符心坎裡的古華夏今中國的觀念、概念、私心雜念⋯⋯鄉愁，去國之離憂，是這樣悄然中來、氤氳不散。

中國的「自然」與中國的「人」，合成一套無處不在的精神密碼，歐美的智者也認同其中確有源遠流長的奧祕；中國的「人」內充滿「自然」，這個觀點已經被理論化了，好事家打從「烹飪術」上作出不少印證，有識之士則著眼於醫道藥理、文藝武功、易卜星相、五行堪輿⋯⋯然而那套密碼始終半解不解。因為，也許更有另一面：中國的「自然」內有「人」——誰蒔的花服誰，那人卜居的丘壑有那人的風神，猶如衣裳具備襲者的性情，舊的空鞋都有腳⋯⋯古老的國族，街頭巷尾亭角橋塊，無不可見一閃一爍的人文劇情、名城宿跡，更是重重疊疊的往事塵夢，鬱積得憋不過來了，幸虧總有春花秋月等閒度地在那裡撫恤紓解，透一口氣，透一口氣，這已是歷史的喘息。稍多一些智能的人，隨時隨地從此種一閃一爍重重疊疊的意象中，看到古老國族的輝煌而襤褸的整體，而且頭尾分明。古老的國族因此多詩、多謠、多髒話、多軼事、多奇談、多機警的詛咒、多傷心的俏皮絕句。茶、菸、酒的消耗量與日俱增……唯有那裡的「自然」清明而殷勤，亙古如斯地眷顧著那裡的「人」。大動亂的年代，頹壁斷垣間桃花盛開，雨後的刑場上蒲公英星星點點，瓦礫堆邊松菌竹筍依然……總有兩三行人為之駐足，為之思量。而且，每次浩劫初歇，家家戶戶忙於栽花種草，休沐盤桓於綠水青山之間——可見當時的紛爭都是荒誕的，而桃花、蒲公英、松菌、竹筍的主見是對的。

另外（難免有一些另外），中國人既溫暾又酷烈，有不可思議的耐性，能與任何禍福作無盡之周旋。在心上，不在話下，十年如此，百年不過是十個十年，忽然已是千年了。苦悶逼使「人」有所象徵，因而與「自然」作無止境的親暱，乃至熟昵而狡黠作狎了。至少可先例兩則諧趣：金魚、菊花。自然中只有鮒、鯽，不知花了多少代人的寶貴而不值錢的光陰，培育出婀娜多姿的水中仙侶，化畸形病態為固定遺傳，金魚的品種歎為觀止而源源不止。野菊是很單調的，也被嫁接、控制、盆栽而籠絡，作紛繁的形色幻變。菊花展覽會是菊的時裝表演，尤其是想入非非的題名，巧妙得可恥——金魚和菊花，是人的意志取代了自然的意志，是人對自然行使了催眠術。中庸而趨極的中國人的耐性和猾癖一至於此。亟待更新的事物卻千年不易，不勞費心的行當幹了一件又一樁，苦悶的象徵從未制勝苦悶之由來，叫人看不下去地看下，看下去。「自然」在金魚、菊花這類小節上任人擺佈，在阡陌交錯的大節上，如果用「白髮三千丈」的作詩方法來對待莊稼，就註定以顆粒無收告終，否則就不成其為「自然」了。

從長歷史的中國來到短歷史的美國，各自心中懷有一部離騷經，「文化鄉愁」版本不一，因人而異，老輩的是木版本，注釋條目多得幾乎超過正文，中年的是修訂本，參考書一覽表上洋文林林總總，新潮後生的是翻譯本，且是譯筆極差的節譯本。更有些單單為家鄉土產而相思成疾者，那是簡略的看圖識字的通俗本——這廣義的文化鄉愁，便是海外華裔人手一冊的離騷經，性質上是「人」和「自然」的駢儷文。然而日本人之對櫻花、俄羅斯人之對白樺、印度人之對菩提樹、墨西哥人之對仙人掌，也像中國人之對梅、蘭、竹、菊那樣的發呆發狂嗎——似乎並非如此，但願亦復如此則彼此可以談談，雖然各談各的自己。從前一直有人認為癡心者見悅於癡心者，以後會有人認知癡心者見悅於明哲者，明哲，是癡心已去的意思，這種失卻是被褫奪的被割絕的，癡心與生俱來，明哲當然是後天的事。明哲僅僅是亮度較高的憂鬱。

中國的瓜果、蔬菜、魚蝦……無不有品性，有韻味，有格調，無不非常之鮮，天賦的清鮮。鮮是味之神，營養之聖，似乎已入靈智範疇。而中國的山山水水花花草草之所以令人心醉神馳，說過了再重複一遍也不致聒耳，那是真在於自然的鍾靈毓秀，這個俄而形上俄而形下的諦旨，姑妄作一點即興漫喻。譬如說樹，砍伐者近來，它就害怕，天時佳美，它枝枝葉葉舒暢愉悅，氣候突然反常，它會感冒，也許正在發燒，而且咳嗽……凡是稱頌它的人用手撫摩枝幹，它也微笑，它喜歡優雅的音樂，它所尤其敬愛的那個人歿了，它就枯槁折倒。池水、井水、盆花、圃花、犬、馬、魚、鳥都會戀人，與人共幸蹇，或盈或涸，或茂或凋，或憔悴絕食以殉。當然不是每一花每一犬都會愛你，道理正如不是每個人都會愛你那樣——如果說茲事體小，那麼體大如崇嶽、莽原、廣川、密林、大江、巨泊，正因為在汗漫歷史中與人曲折離奇地同褒貶共榮辱，故而瑞徵、凶兆、祥雲、戾氣、興緒、衰象，無不似隱實顯，普遍感知。粉飾出來的太平，自然並不認同，深諱不露的歹毒，自然每作昭彰，就是這麼一回事，就是這麼兩回事。中國每一期王朝的遞嬗，都會發生莫名其妙的童謠，事後才知是自然藉孩兒的歌喉作了預言。所以為先天下之憂而憂而樂了，為後天下之樂而樂而憂了；試想「先天下之憂而憂」大有人在，怎能不豋然心喜呢，就怕「後天下之樂而樂」一直後下去，誠不知後之覽者將如何有感於斯文——這些，也都是中國的山川草木作育出來的，迂闊而摯烈的一介鄉愿之情。沒有離開中國時，未必不知道——離開了，一天天地久了，就更知道了。

童年隨之而去

孩子的知識圈，應是該懂的懂，不該懂的不懂，這就形成了童年的幸福。我的兒時，那是該懂的不懂，不該懂的卻懂了些，這就弄出許多至今也未必能解脫的困惑來。

不滿十歲，我已知「寺」、「廟」、「院」、「殿」、「觀」、「宮」、「庵」的分別。當我隨著我母親和一大串姑媽舅媽姨媽上摩安山去做佛事時，山腳下的「玄壇殿」我沒說什麼。半山的「三清觀」也沒說什麼。將近山頂的「睡獅庵」我問了：

「就是這裡啊？」

「是囉，我們到了！」挑擔領路的腳夫說。

我問母親：

「是叫尼姑做道場啊？」

母親說：

「不噢，這裡的當家和尚是個大法師，這一帶八十二個大小寺廟都是他領的呢。」

我更詫異了：

「那，怎麼住在庵裡呢？睡獅庵！」

母親也愣了，繼而慢聲說：

「大概，總是……搬過來的吧。」

庵門也平常，一入內，氣象十分恢宏：頭山門，二山門，大雄寶殿，齋堂，禪房，客舍，儼然一座尊榮古剎，我目不暇給，忘了「庵」字之謎。

我家素不佞佛，母親是為了祭祖要焚「疏頭」，才來山上做佛事。「疏頭」者現在我能解釋為大型經懺「水陸道場」的書面總結，或說幽冥之國通用的高額支票、贖罪券。陽間出錢，陰世受惠——眾多和尚誦經叩禮，佈置十分華麗，程序更是繁縟得如同一場連本大戲。於是燈燭輝煌，香煙繚繞，梵音不輟，卜晝卜夜地進行下去，說是要七七四十九天才功德圓滿。

當年的小孩子，是先感新鮮有趣，七天後就生煩厭，山已玩夠，素齋吃得望而生畏，那關在庵後山洞裡的瘋僧也逗膩了。心裡兀自抱怨：超度祖宗真不容易。

我天天吵著要回家，終於母親說：

「也快了，到接『疏頭』那日子，下一天就回家。」

那日子就在眼前。喜的是好回家吃葷、踢球、放風箏，憂的是駝背老和尚來關照，明天要跪在大殿裡捧個木盤，手要洗得特別清爽，捧著，靜等主持道場的法師念「疏頭」——我發急：

「要跪多少辰光呢？」

「總要一支香菸工夫。」

「什麼香菸？」

「喏，金鼠牌，美麗牌。」

還好，真怕是佛案上的供香，那是很長的。我忽然一笑，那傳話的駝背老和尚一定是躲在房裡抽金鼠牌美麗牌的。

接「疏頭」的難關捱過了，似乎不到一支香菸工夫，進睡獅庵以來，我從不跪拜。所以捧著紅木盤屈膝在袈裟經幡叢裡，渾身發癢，心想，為了那些不認識的祖宗們，要我來受這個罪，真冤。然而我對站在右邊的和尚的吟誦發生了興趣。

「……唉吉江省立桐桑縣清風鄉二十唉四度，索度明王侍耐唉噯啊唉押，唉噯……」

我又暗笑了，原來那大大的黃紙折成的「疏頭」上，竟寫明地址呢，可是「二十四度」是什麼？是有關送「疏頭」的？還是有關收「疏頭」的？真的有陰間？陰間也有緯度嗎……因為胡思亂想，就不覺到了終局，人一站直，立刻舒暢，手捧裝在大信封裡蓋有巨印的「疏頭」，奔回來向母親交差。我得意地說：

「這疏頭上還有地址，吉江省立桐桑縣清風鄉二十四度，是寄給閻羅王收的。」

沒想到圍著母親的那群姑媽舅媽姨媽們大事調侃：

「哎喲！十歲的孩子已經聽得懂和尚念經了，將來不得了啊！」

「舉人老爺的得意門生嘛！」

「看來也要得道的，要做八十二家和尚廟裡的總當家。」

母親笑道：

「這點原也該懂，省縣鄉不懂也回不了家了。」

我又不想逞能，經她們一說，倒使我不服，除了省縣鄉，我還能分得清寺廟院殿觀宮庵呢。

回家囉！

腳夫們挑的挑，揹的揹，我跟著一群穿紅著綠珠光寶氣的女眷們走出山門時，回望了一眼——睡獅庵，和尚住在尼姑庵裡？庵是小的啊，怎麼有這樣大的庵呢？這些人都不問問。

家庭教師是前清中舉的飽學鴻儒，我卻是塊亂點頭的頑石，一味敷衍度日。背書，作對子，還混得過，私底下只想翻稗書。那時代，尤其是我家吧，「禁書」的範圍之廣，連唐詩宋詞也不准上桌，說：「還早。」所以一本《歷代名窯釋》中的兩句「雨過天青雲開處，赭般顏色做將來」，我就覺得清新有味道，琅琅上口。某日對著案頭一只青瓷水盂，不覺漏了嘴，老夫子竟聽見了，訓道：「哪裡來的歪詩，以後不可吟風弄月，喪志的呢！」一肚皮悶瞀的怨氣，這個暗躉躉的書房就是下不完的雨，晴不了的天。我用中指蘸了水，在桌上寫個「逃」，怎麼個逃法呢，一點策略也沒有。呆視著水漬乾失，心裡有一種酸麻麻的快感。

我怕作文章，出來的題是「大勇與小勇論」，「蘇秦以連橫說秦惠王而秦王不納論」。現在我才知道那是和女人纏足一樣，硬要把小孩的腦子纏成畸形而後已。我只好瞎湊，湊一陣，算算字數，再湊，有了一百字光景就心寬起來，湊到將近兩百，「輕舟已過萬重山」。等到卷子發回，朱筆圈改得「人面桃花相映紅」，我又羞又恨，既而又幸災樂禍，也好，老夫子自家出題自家做，我去其惡評謄錄一遍，備著母親查看——母親閱畢，微笑道：「也虧你胡謅得還通順，就是欠警策。」我心中暗笑老夫子被母親指為「胡謅」，沒有警句。

滿船的人興奮地等待解纜起篙，我忽然想著了睡獅庵中的一只碗！

在家裡，每個人的茶具飯具都是專備的，弄錯了，那就不飲不食以待更正。到得山上，我還是認定了茶杯和飯碗，茶杯上畫的是與我年齡相符的十二生肖之一，不喜歡。那飯碗卻有來歷——我不願吃齋，老法師特意贈我一只名窯的小盂，青藍得十分可愛，盛來的飯，似乎變得可口了。母親說：

「畢竟老法師道行高，摸得著孫行者的脾氣。」

我又誦起：「雨過天青雲開處，赭般顏色做將來。」

母親說：

「對的，是越窯，這只叫盌，這只色澤特別好，也只有大當家和尚才拿得出這樣的寶貝，小心摔破了。」

每次餐畢，我自去泉邊洗淨，藏好。臨走的那晚，我用棉紙包了，放在枕邊。不料清晨被催起後頭昏昏地盡呆看眾人忙碌，忘記將那碗放進箱籠裡，索性忘了倒也是了，偏在這船要起篙的當兒，驀地想起：

「碗！」

「什麼？」母親不知所云。

「那飯碗，越窯盌。」

「你放在哪裡？」

「枕頭邊！」

母親素知凡是我想著什麼東西，就忘不掉了，要使忘掉，唯一的辦法是那東西到了我手上。

「回去可以買，同樣的！」

「買不到！不會一樣的。」我似乎非常清楚那盌是有一無二。

「怎麼辦呢，再上去拿。」母親的意思是：難道不開船，派人登山去庵中索取——不可能，不必想那碗了。

我走過正待抽落的跳板，登岸，坐在繫纜的樹樁上，低頭凝視河水。

滿船的人先是愕然相顧，繼而一片吱吱喳喳，可也無人上岸來勸我拉我，都知道只有母親才能使我離開樹樁。母親沒有說什麼，輕聲吩咐一個船夫，那赤膊小夥子披上一件棉襖三腳兩步飛過跳板，上山了。

杜鵑花，山裡叫「映山紅」，是紅的多，也有白的，開得正盛。摘一朵，吮吸，有蜜汁沁舌——我就這樣動作著。

船裡的吱吱喳喳漸息，各自找樂子，下棋、戲牌、嗑瓜子，有的開了和尚所賜的齋佛果盒，叫我回船去吃，我搖搖手。這河灘有的是好玩的東西，五色小石卵，黛綠的螺螄，青灰而透明的小蝦……心裡懊悔，我不知道上山下山要花這麼長的時間。

鷓鴣在遠處一聲聲叫。夜裡下過雨。

是那年輕的船夫的嗓音——來囉……來囉……可是不見人影。

他走的是另一條小徑，兩手空空地奔近來，我感到不祥——碗沒了！找不到，或是打破了。

他憨笑著伸手入懷，從斜搭而繫腰帶的棉襖裡，掏出那只盌，棉紙濕了破了，他臉上倒沒有汗——我雙手接過，謝了他。捧著，走過跳板……

一陣搖晃，漸聞櫓聲欸乃，碧波像大匹軟緞，蕩漾舒展，船頭的水聲，船梢搖櫓者的斷續語聲，顯得異樣地寧適。我不願進艙去，獨自靠前舷而坐。夜間是下過大雨，還聽到雷聲。兩岸山色蒼翠，水裡的倒影鮮活閃裊，迎面的風又暖又涼，母親為什麼不來。

河面漸寬，山也平下來了，我想把碗洗一洗。人多船身吃水深，俯舷即就水面，用碗舀了河水順手潑去，陽光照得水沫晶亮如珠……我站起來，可以潑得遠些——一脫手，碗飛掉了！

那碗在急旋中平平著水，像一片斷梗的小荷葉，浮著，氽著，向船後漸遠漸遠……

望著望不見的東西——醒不過來了。

對母親怎說……那船夫。

母親出艙來，端著一碟印糕艾餃。

我告訴了她。

「有人會撈得的，就是沉了，將來有人會撈起來的。只要不碎就好——吃吧，不要想了，吃完了進艙來喝熱茶……這種事以後多著呢。」

最後一句很輕很輕，什麼意思？

現在回想起來，真是可怕的預言，我的一生中，確實多的是這種事，比越窯的盌，珍貴百倍千倍萬倍的物和人，都已一一脫手而去，有的甚至是碎了的。

那時，那浮氽的盌，隨之而去的是我的童年。

竹秀

莫干山以多竹著名，挺修、茂密、青翠、蔽山成林，望而動衷。尤其是早晨，繚霧初散，無數高高的梢尖，首映日光而搖曳，便覺眾鳥酬鳴為的是竹子，長風為竹子越嶺而來，我亦為看竹子乃將雙眼休眠了一夜。

莫干山的竹林，高接浮雲，密得不能進去踱步。使我詫異的是竹林裡極為乾淨，終年無人打掃，卻像日日有人潔除；為什麼，什麼意思呢，神聖之感在我心中升起……繼而淡然惋惜了——那山上的居民，山下來的商客，為的是吃筍，買賣筍乾，箬葉可製鞋底，斫伐以築屋搭棚，劈削而做種種篾器，當竹子值錢時，功能即奴性。生活，是安於人的奴性和物的奴性的交織。更有畫竹，詠竹，用竹為擔，為篙，為鬥械，為刑具——都已必不可少，都已可笑，都已寂寞。

是我在寂寞。夏季八月來的，藉詞養病，求的是清閒，喜悅這以山為名的諸般景色。此等私念，對親友也說不出口，便道：去莫干山療養，心臟病。於是紛紛同情同意，我脫身了。

八月，九月，十月。讀和寫之餘，漫步山間。莫干山是秋景最好，日夕尤佳。山民告余曰：太早太晏不要走動，有虎，有野豬，從後山來。我不甚信，也聽從了勸告。某夜，果有虎叩門，當然未必是虎，也不算是叩門，牠用腳爪嘶啦嘶啦地抓門，門是小書房一側的後門，是扉，板扉，厚的，以一銅插銷閂著。我恬然不懼而竊笑，斷定牠進不來。此君自然很不凡，諒必是聞到了生人氣，知道我就在門內，但牠不懂退後十步，奔而撞之。況且門外三步即竹林，牠借不到衝力。西洋式的白漆硬質板扉，哪裡就抓得破。然而在這嘶啦嘶啦聲中，我就寫不下去，只能站在門邊恭聽……沒了，虎去矣，也不聞牠離去的腳步聲，虎行悄然無蹬，這倒是可怕的。

那時，戰後的莫干山尚未通電，入夜燃白禮氏礦燭一枝。老虎走了，我同樣有失望的感覺。姑且埋頭書寫……不遠的下坡，人聲大作，鳴鑼，放銃——他們發現牠的侵犯了，足見剛才來的不折不扣是一匹猛虎。我似乎很榮幸。翌日晨，送薯粥來的姑娘說：下面那人家被虎咬死一隻羊，來不及銜走……我也長久不咬羊的肉了。給錢叫姑娘代買一條後腿，價錢隨便，如來得及，中午就開戒。

說說話就多了，莫干山半腰，近劍池有幢石頭房子，是先父的別墅。戰爭年代誰來避暑？避暑和避難完全兩回事。房子裡有傢具，托某姓山民看管，看管費以米計算，給的卻是錢。我在他家三餐寄食，另付搭伙之資——剛到的一個星期左右，我隨身帶來的牛肉汁、花生醬，動也沒有動。他家的菜肴真不錯。山氣清新，胃欲亢盛，粗粒子米粉加醬油蒸出來的豬肉，簡直迷人。心想，此物與炒青菜、蘿蔔湯之類同食，堪愛吃一輩子。是故情緒穩定。要知飼料太薄苦太不如意，未免影響讀書作文。吳爾芙夫人深明此理，說得也懇切，她說，幾顆梅子，半片鵪鶉，脊椎骨根上的一縷火就是燃不起，燃不起就想不妙寫不靈，她那時是吵著要寫一篇論文。我在莫干山也寫這些東西，三篇：〈哈姆雷特泛論〉、〈伊卡洛斯詮釋〉、〈奧菲司精義〉。白晝一窗天光，入夜一枝燭。茶也不喝。我還未明咖啡之必要，紙菸、雪茄、醇酒之必要。寫寫寫渴了，沖杯克寧奶粉。飲牛乳之前先吃點餅乾這類常識也沒有。音樂之必要是知道的，聽聽也就覺得還是不聽好。以為丹狄的〈山居者之歌〉差不多，其實也未必，法國的山和人是這樣的嗎。倒是一星期左右過去後，不見粉蒸肉，十日也不見，早餐是那女孩拎了竹籃送來的，晝晚兩頓我去她家共食。下雨，如下大雨，真對不起，姑娘披蓑衣、戴笠帽提飯菜來。我想過，但沒有說「下大雨就不必吃飯了」；寫作這回事很容易發生飢餓，不知別人如何。後來方始想到寫作時豈非在快速耗去卡路里，怪不得老是懷念粉蒸肉，就是匆見上桌了。偶爾邂逅，肉少粉多，肉切得很薄，我不希望在這上面表現精緻，至少是散文，他們在碗裡做的是五言絕句。所以猛虎撲羊，嗚鑼放銃及時趕走，才是天賜良緣——時近中午，興匆匆快步穿林拾級，遠裡就聞到紅燒羊肉的香味。他們一家四口，老伯大媽、姑娘小弟，氣色晴朗，連我，五張臉似笑非笑。桌上已擺著燙熱的家釀米酒，還有大碗蔥花芋艿羹，還有青椒炒毛豆，濃郁郁的連皮肥羊肉，灑上翡翠蒜葉末子，整個兒金碧輝煌。中國可愛，還在於主張高溫度飲食，此法更能激勵味蕾的敏感，而餐桌上祥瑞之氣氤氳，就此如夢似真，將味覺嗅覺視覺渾成輕度的暈眩，微微地應接不暇——每當此際，村人自嘲為「筷頭像雨點，眼睛像豁閃」。如果人多，又全是餓透了的熟人，那麼確有風狂雨驟之勢。果腹之餘，旁而觀之：可愛極了……這頓五員會殲一羊腿，從概念上、範疇上講，是屬於小規模的風雨交加。我是笨，笨得一直認為姑娘全家四人都是性喜素食的。

是夜，又發現燃兩枝白禮氏礦燭，更宜於寫作。從此每夜雙燭交輝，彷彿開了新紀元。深深感歎我以往憑一枝燭光從夏天寫到秋末冬初，愚蠢使自己吃虧受苦。客廳裡的舊式壁爐，調理不來，也許煙囪壞了，我怎麼知道呢，向山民買來的並未乾燥的松木，就是要熄火，即使燒著一會，也暖不進小書房來。其他上下六室，更冷。不是可以把書桌搬到客廳火爐邊去嗎，我一點也沒有意識到這個可能性。書桌在書房裡，就是在書房裡。我只會披了棉被伏案疾書，誠不思桌子之遷徙。右手背起了凍瘡，左手也跟著紅一塊紫一塊——為了這三篇非博士論文。一個人上十次當，七次是自設的。

這幢石屋因山勢而建，前兩層，後面其實是一層。面空谷而傍竹林，小竹林。竹梢劃著窗子，蕭蕭不歇，而且在飄雪了。一味的冷。並非堅持，是凌晨一時後停筆已成習慣。床就在書桌邊，早登上也睡不著，三文已就其二，這〈奧菲司精義〉脫稿，大約是年底，不下山也不行了。我得入城謀職業，目前身邊還有錢。老虎怎麼不來。如果山上沒有竹林，全放羊……也不行。還是現在這樣好。這黝黑多折角的石屋，古老的楠木傢具，似熄非熄的大壁爐，兩枝白禮氏礦燭，一個披棉被的人，如果……如果什麼，我是說非常適宜於隨便來個鬼魂，談談。既然是鬼，必有一段往事，就是過去的世事，我們談談。我無邪念，彼無惡意，談談是可以的，任何一個朝代都可以談談——這種氛圍再不出現鬼魂，使我絕望於鬼的存在。雪下大了。南國的下雪天不颳風。竹梢承雪而不動，村犬不吠。銅鑼火銃不響；那是要到萬不得已時才發作的。靜極了，雪和虎爪一樣著落無聲。靜極……靜極……我也不發任何聲息。就床，就床不過是把披在身上的棉被蓋在身上。還是一味的冷。熄燭時，吹氣這樣響，只熄一枝。照片，在日記裡，日記在錦盒中，錦盒在枕邊——照片在日記裡……名字叫「竹秀」，奇怪叫「竹秀」。任何名字都一樣。開始就知道這正是絕望的。這樣的人，就因為這樣……照片是托人轉言，說我要離開杭州了，想有一張，結果很好，給了，背面有字，「竹秀敬贈」——在日記裡說「想念你」也不恰當，想念什麼。讚美亦無從讚美……後來，指後來這本日記中有兩頁：竹秀，竹秀，竹秀，竹秀，竹秀竹秀竹秀竹秀竹秀竹秀竹秀竹秀……以一頁約三百竹秀計算，兩頁自然約六百竹秀。莫干山大雪，杭州總也下雪。夜十二時，竹秀睡著了……不知自己的兩個字被寫了幾百次。兩個字接連不停地寫，必然愈寫愈潦草，潦潦草草，就不像了，唯我知道這歪斜而連貫的就是「竹」、「秀」。

是睡著了的，戛然一聲厲響，夜太靜，才如此驚人。屋後的竹被積雪壓折。此外沒有什麼。與「竹秀」無關，非吉兆凶兆。平時看到竹子、竹林，從不聯想到人。竹與人就是因為太不一樣……又是一枝斷了，竹子已不細，可見雪真厚，還在紛紛不止，天明有偉大的雪景可賞。漸入朦朧，醒，折竹的厲聲，也是睡夢不沉。沒像游泳騎馬歸來的睡眠深酣，在學校時曾用雙層床，我下層，上層的大個兒這天不來教室，午膳也沒見，哪裡去了？飯後回寢室小憩，床下有鼾聲，撩開褥單，是他哪，搖醒，他咕嚕道：「怪不得天怎麼不亮了。」也是冬季，他並沒有連被子滾進去，竟不冷醒。我也差不多，一百幾十斤的東西掉在床前，沒聽到——少年兒郎的貪睡是珍貴的，無咎的，因為後來求之不得。

第三篇論文寫到最後一句，又像死了伴侶。半年死三個。狄更斯可是死得多。所幸我不從事小說。雪景賞過了，偉大，聖潔。冬季莫干山，也和溫帶的其他的山一樣枯索荒涼，銀雪蓋在竹上，樹上，屋頂上，巉岩上，石級上，就此溫柔而繁華。下雪時，雪初霽時，無風，並不凜冽，比夏令還爽亮，雪光反映入室，天花板一片新白。不良的是融雪之日，融雪之夜，簷前滴滴答答，兒時作詩，稱之為「晴天的雨聲」。滴滴答答，極為喪氣，像做錯了事，懊悔不完了，屋角，石隙，凡背陽之處總有積雪，一直會待著，結成粗粗的冰粒，不白了，也不是透明。大雪後，總有此族灰色的日益骯髒的積雪。已經不是雪了——「笨雪」。

半年山居，初回城市的頭一兩天，屢興「再上山去多好」的感喟。幾乎事事得重新視聽適應。我已經山化，要蛻變，市化，重做市民。

人害怕寂寞，害怕到無恥的程度。換言之，人的某些無恥的行徑是由於害怕寂寞而作出來的。就文句而言，還是「人害怕寂寞，害怕到無恥的程度」這樣比較清通。

我算是害怕寂寞的人嗎，粉蒸肉，老虎，羊腿，竹秀……再住半年，可能也會無恥了。

在都市中，更寂寞。路燈桿子不會被雪壓折，承不住多少雪，厚了，會自己掉落。

空房

山勢漸漸陡了，我已沁汗，上面有座教堂，去歇一會，是否該下山了。

戰爭初期，廢棄的教堂還沒有人念及。神龕、桌椅都早被人拆走，聖像猶存，灰塵滿面，另有一種堅忍卓絕的表情。那架鋼琴還可彈出半數嘶啞的聲音，如果專為它的特性作一曲子，是很奇妙的。

有什麼可看呢，今天為什麼獨自登山呢，冬天的山景真枯索，溪水乾涸，竹林勉強維持綠意。

穿過竹林，換一條路下山。

峰迴路轉出現一個寺院，也許有僧人，可烹茶——因為討厭城裡人多，才獨自登山，半天不見人，哪怕是一個和尚也可以談談哪。

門開著，院裡的落葉和殿內的塵埃，告知我又是一個廢墟。這裡比教堂有意思，廊廡曲折，古木參天，殘敗中自成蕭瑟之美。正殿後面有樓房，叫了幾聲，無人應，便登樓窺探——一排三間，兩間沒門，垩壁斑駁，空空如也。最後一間有板扉虛掩，我推而趕緊縮手——整片粉紅撲面襲來，內裡的牆壁是簇新的櫻花色。感覺「有人」，定睛搜看，才知也是空房，牆壁確是刷過未久，十分勻淨，沒有傢具，滿地的紙片，一堆堆柯達膠卷的空匣。我踩在紙片上，便覺著紙片的多了，像地毯，鋪滿了整個樓板。

一、粉紅的牆壁，不是和尚的禪房。

二、一度借住於此的必是年輕人。也許是新婚夫婦。

三、是攝影家，或攝影愛好者。

四、是近期住於此，是不久前離開的。

這些判斷，與戰爭、荒山這兩個時空概念聯繫不起來，戰爭持續了八年，到這裡來避難？有雅興修飾牆壁，玩攝影？山上吃什麼？無錢，住不下去，有錢，豈不怕遭劫？雷馬克似的戰地鴛鴦也不會選擇這麼一個駭人的古寺院。

我撿起紙片——是信。換一處撿幾張，也是信。這麼多的信？頁數既亂，信的程序也亂，比後期荒誕派的小說還難琢磨。然而竟都是一男一女的通款，男的叫「良」，良哥，我的良，你的良。女的叫「梅」，梅妹，親愛的梅，永遠的梅。所言皆愛情，不斷有波折，知識程度相當於文科大學生。

我苦惱了，發現自己坐在紙堆上被跳蚤咬得兩腿奇癢難熬，那麼多的跳蚤，更說明這裡住過人。我被這些信弄得頭昏腦脹，雙頰火熱——橙紅的夕陽照在窗櫺上，晚風勁吹枯枝，趕快下山才是道理。

檢視了牆面屋角，沒有血跡彈痕。窗和門也無損傷。所有的膠卷匣都無菲林。全是信紙，不見一只信封。是拍電影佈置下的「外景」？也不對，信的內容有實質。我不能把這些信全都帶走，便除下圍巾紮了一大捆，又塞幾只膠卷匣在袋裡。急急下樓，繞寺院一周，沒有任何異象。四望不見村落人家，荒涼中起了恐怖，就此像樵夫般背了一大捆信下山了。

連續幾天讀這些信，紛然無序中還是整出個梗概來：良與梅相愛已久，雙方家庭都反對，良絕望了，屢言生不如死，梅勸他珍重，以前程事業為第一，她已是不久人世的人——其他都是濃烈而空洞的千恩萬愛。奇怪的是兩人的信尾都但具月日，不記年份，其中無一語涉及戰禍動亂，似乎愛情與時間與戰爭是不相干的。畢竟不是文學作品，我看得煩膩起來。

又排列了一下：

一、假定兩人曾住在這寺院中，那麼離去時怎捨得剩下信件。

二、如若良一個人曾在這裡，那麼他寄給梅的信怎會與梅寄給他的信散亂在一起。

三、要是梅先死，死前將良給她的信悉數退回，那麼良該萬分珍惜這些遺物，何致如此狼藉而不顧。

四、如果良於梅死後殉了情，那麼他必定事前處理好了這些東西。豈肯貽人話柄。

五、倘係日本式的雙雙墜崖、跳火山，那麼他總歸是先焚毀了書信再與世決絕的，這才徹底了卻塵緣。

六、除非良是遭人謀害，財貨被洗劫，只剩下無用之物，那麼盜賊怎會展閱大量的情書，而且信封一個不存？

七、要說良是因政治事件被逮捕，那麼這些信件是有偵查上的必要，自當席捲而去。

當時我年輕，邏輯推理不夠用，定論是：我撿到這些紙片時，良和梅是不在世界上了。後來我幾次搬家，這捆信就此失落。我也沒有再登山復勘這個現場。報紙上沒有一件謀殺盜竊案中有「良」和「梅」和那個寺院的情節牽涉。名字中有「良」或

「梅」的男女遇見很多，都顯然與此二人情況不符。

時間過去了數十年，我還記得那推開虛掩的板扉時的一驚，因為上山後滿目荒涼枯索的冬日景象，廢棄的教堂和寺院彷彿戰後人類已經死滅，手推板扉忽來一片勻淨的櫻紅色——人：生活……白的淡藍的信紙、黃得耀眼的柯達匣子，春天一樣親切，像是見到了什麼熟友。

還有那些跳蚤，牠們咬過「良」，也可能咬過「梅」，有詩人曾描寫一個男人和一個女人的血，一跳蚤的身體為黑色的殿堂，藉此融合，結了婚，真是何等的精緻悲慘——我的血也被混了進去，我是無辜的，不是良和梅的證婚人。

為了紀念自己的青年時代，追記以上事實。還是想不通這是怎麼一回事——只是說明了數十年來我毫無長進。

論美貌

內篇

美貌是一種表情。

別的表情等待反應，例如悲哀等待憐憫，威嚴等待懾服，滑稽等待嬉笑。唯美貌無為，無目的，使人沒有特定的反應義務的掛念，就不由自主地被吸引，其實是被感動。

其實美貌這個表情的意思，就是愛。

這個意思既蘊藉又坦率地隨時呈現出來。

擁有美貌的人並沒有這個意思，而美貌是這個意思。

當美貌者摒拒別人的愛時，其美貌卻仍是這個意思：愛——所以美貌者難於摒拒別人的愛。往往遭殃。

用美貌這個先驗的基本表情，再變化為別的表情，特別容易奏效（所以演員總是以美貌者為上選。日常生活中，也是美貌者盡占優勢），那變化出來的別的表情，既是含義清晰，又反而強化美貌。可見這個基本表情的功能之大、先驗性之肯定。美貌者的各種後天的自為表情，何以如此容易感動人？因為起始已被先驗的基本表情感動，繼之是程度的急劇增深，或角度的順利轉變。

美貌的人睡著了，後天的表情全停止，而美貌是不睡的，美貌不需要休息；倒是由於撤除附加的表情，純然只剩美貌這一種表情，就尤其感動人，故曰：睡美人。

人老去，美貌衰敗，就是這種表情終於疲憊了。老人化妝、整容，是「強迫」堅持不疲憊，有時反顯得疲憊不堪。老人睡著，見得更老，因為別的附加的表情率爾褪淨，只剩下衰敗的美貌這一種慘相，光榮銷歇，美貌的廢墟不及石頭的廢墟，羅馬夕照供人憑弔，美貌的殘局不忍卒睹。

外篇

在臉上，接替美貌，再光榮一番，這樣的可能有沒有？有——智慧。

很難，真難，唯有極度高超的智慧，才足以取代美貌。也因此報償了某些年輕時期不怎麼樣的哲學家科學家藝術家，老了，像樣起來了，風格起來了，可以說好看起來了——到底是一件痛苦的事。

那些天才，當時都曾與上帝爭吵，要美貌！上帝不給，為什麼不給，不給就是不給（這是上帝的隱私，上帝有最大的隱私權——拆穿了也簡單，美貌是給蠢人和懶人的），爭得滿頭大汗力竭聲嘶（所以天才往往禿頂，嗓子也不太好），只落得悻悻然拖了一袋天才下凡來。

「你再活下去，就好看不成了。」

拜倫辯道：

「那麼天才還有沒有用完哪？」

上帝啐之：

「是成全你呢，給人世留個亮麗的印象吧。還不快去洗澡，把希臘灰塵土耳其灰塵，統統沖掉！」

拜倫垂頭而斜睨，上帝老得這樣囉嗦，用詞何其傖俗，「亮麗的」。其實上帝逗他，見他穿著指揮官的軍服，包起彩色頭巾，分外英爽！

他懶洋洋地在無花果樹下潑水抹身。上帝化作一隻金絲雀停在枝頭，這也難怪，上帝近來很寂寞。

拜倫歎道：

「唉唉，地下天上，瘸子只要漂亮，還是值得偷看的！」

樹上的金絲雀唧的一聲飛走了。

遺狂篇

采采景雲　照我明堂
樽中醽醁　堪息彷徨
理易昭灼　道且惚恍
惚兮恍兮　與子頡頏

有風東來　翼彼高岡
巧智交作　勞憂若狂

並介已矣 漆園茫茫
呼鳳喚麟 同歸大荒

那時，我在波斯。後宮日暮。

波斯王得意非凡地在我面前賣弄才情：

「朕之波斯，豈僅以華奢的錦毯馳名於世，更且以華貴的思想，華麗的語言，令天下談及波斯無不歸心低首，哦……思想是捲著的錦毯，語言是鋪開的錦毯，先生以為然否？」

余曰：

「美哉斯言，陛下的話我在別處聽到時下面還有兩句：思想愈捲愈緊，語言愈鋪愈大。」

靜了一會。

「請先生猜猜我在想什麼？」波斯王面呈悅色。

「陛下所思如此：那傢伙還說是想出了這個警句馬上奔來貢獻的。」（那傢伙是指日夜纏繞著我的某博士。）

王掀髯揚眉：

「先生言中，此人休矣。」

我覺得要拯救那專事貢獻警句的奴才也不難，乃曰：

「貴國的思想語言的錦毯，也應像羊毛絲麻的錦毯那樣傾銷到各國去；彼欺君者，可免一死，遣去作思想語言的錦毯商，以富溢榮耀波斯帝國。」

王曰：

「善！」

這件事算是過去了。然而接下來波斯王詭譎謙卑地一笑，我當然知道他的心意是什麼。

於是，我離開了波斯。原來只是為了找峨默・伽亞謨談談，才與此無妄之行。談過了，各種酒也喝得差不多了——在我與伽亞謨的對飲中，壓根兒沒有波斯王的份，好像只涉及過所羅門和大衛的悲觀主義。

後來，那博士即奴才者，果然成為國際著名大學者。後來，許多後來，那是現代了，現代的思想和語言，捲也捲不攏，鋪又鋪不開，不再是錦毯，倒是襤褸不堪的破毯，據說是非常時髦的，披在身上，招搖過市，不都是頂兒尖兒的天之驕子驕女麼。

那時，我在希臘，伯律柯斯執政。

雅典最好的神廟、雕像，幾乎全是這陣子造作起來的，說多也不算多，可是市民嘖有煩言，終於認為國庫大虛了——伯律柯斯不免鬱悶。

我問道：

「你私人的錢財，夠不夠相抵這筆造價？」

他想了想，清楚回答：

「夠，有餘，至少相抵之後還可以暢意款待你。」

「那麼，你就向民眾宣佈，雅典新有的建築雕像，所費項目，概由伯律柯斯償付，不過都要鐫一行字：『此神廟（或雕像）為伯律柯斯斥資建造（或製作）。』」

他真的立即在大庭廣眾這樣說開了——群情沸騰，其實是異口同聲，意思是：

不行！不必了！雅典的光榮是全體雅典人的，國庫為此而耗損，我們大家來補充，謝謝伯律柯斯的慷慨，我們雅典市民可也不是小氣吝嗇的哪！

這便是古希臘的雅典佬的脾氣。

所以伯律柯斯後來激勵士兵的演說，確是句句中肯，雅典人平時溫文逸樂，一旦上戰場，英銳不可抵擋，深厚的教養所集成的勇猛，遠遠勝過無知無情者的魯莽。

花開花落，希臘完了，希臘的光榮被瓜分在各國的博物館中，活生生地發呆——希臘從此是路人！

猶記那夜與伯律柯斯徒步而歸，身後跟隨著不少酒鬼，一個勁兒大著舌頭嘮叨，竟是辱罵詛咒了，我們不聲不響不徐不疾地走到邸府，伯律柯斯吩咐侍從道：

「打起燈籠，好生照他們回家，別讓摔壞啊。」

據侍從回來告訴我說：「酒鬼們似乎忽然醒了，哭了，發誓以後不再罵人，不再酗酒了。」

當然，酒還是要酗的，人還是要罵的，現代的希臘人便是這些祖宗的後代——伯律柯斯沒有後代。

希臘的沒落，其他古國的沒落，奇怪在於都就是不見振復了，但願有哪個古國，創一例外，藉以駁倒斯賓格勒的「文化形態學」論點。

說得正高興，斯賓格勒挽著弟子福里德爾緩緩行來：

「好啊，今天天氣好啊！」

霪雨霏霏，連月不開，我們的脾氣暴躁極了，走吧，否則要打架了。

那時我在羅馬，培德路尼阿斯府第。

唉，尼祿真不是東西！

我同意培德路尼阿斯的外甥的苦勸，及早逃亡吧，已經遲了，非走不可了。

「到哪裡去呢？」他的俊目一貫含有清瑩的倦意。

離開羅馬，是沒有地方足以安頓這位唯美唯到了頂巔的大師。

「與那些轎夫馬弁為伍，不如死。」培德路尼阿斯的出世之心早已圓熟。

翌日大擺筵席，管弦悠揚，鮮卉如陣，美姬似織，以優雅豐盛而論，這番飲宴在羅馬史上是空前的，皇家的豪舉不過是暴殄天物濫事誇飾而已。

眾賓客面前，各陳一套精美絕倫的餐具，人人目眩，心顫，唯恐失措。

酒過三巡，菜更十四，一道菜便是一行詩。

主人舉杯：

「幸蒙光臨，不勝感德，散席後，區區杯盞，請攜回作個紀念——今天是我的亡期。」

誰都驚絕了，然而誰也不露驚絕之色。

培德路尼阿斯示意醫士近來，切斷腕上的脈管，浸在雕琢玲瓏的水盆裡。

羅馬宰相談笑自若，嘉賓應對如流，侍官穿梭斟酒，樂師俯仰競奏。

精煉於「生」者必精煉於「死」。

誰都悲慟摧割，然而誰也沒有洩漏摧割的悲慟。

又示意醫士近去：

「我有點倦，想睡一忽兒，請將脈管紮住。」

音樂輕又輕，庭中噴泉，清晰可聞，大師成寐如儀，眾賓客端坐無聲息。

他醒來了，神氣清爽，莞然一瞥。

隨著倉皇的馬蹄聲而猝至的是暴君尼祿賜死宰相的密旨。

培德路尼阿斯閒閒笑道：

「他遲了一步——快去回覆皇上，說，培德路尼阿斯最後的一句話：尼祿是世界上最蹩腳的詩人！」

尼祿中此一箭，活著也等於死了——因為他從來自信是世界上最偉大的詩人。

脈管又放開，盆中淡絳的液體徐徐轉為深紅。

靈魂遠去，剩下白如雲石的絕代韶美的胴體。

他的著作亦零落散佚。

他所遺贈的餐具在我手邊。

有人嗤笑了：

「你竟像古羅馬人那樣一飲一啄？」

我說：「都要像你那樣生吞活剝才算現代派麼。」

瞧這些現代的小尼祿。

那時我在華夏，魏晉遞嬗，旅程汗漫。

所遇皆故人，風氣是大家好「比」，一比，再比，比出了懍懍千古的自知之明與知人之明。

話說人際關係，唯一可愛的是「映照」，映照印證，以致日月光華，旦復旦兮，彪炳了一部華夏文化史。滔滔泛泛間，「魏晉風度」寧是最令人三唱九歎的了：所謂雄漢盛唐，不免臭髒之譏；六朝舊事，但寒煙衰草凝綠而已；韓愈李白，何足與竹林中人論氣節。宋元以還，藝文人士大抵骨頭都軟了，軟之又軟，雖具鬚眉，個個柔若無骨，是故一部華夏文化史，唯魏晉高士列傳至今擲地猶作金石聲，投江不與水東流，固然多的是巧累於智俊傷其道的千古憾事，而世上每件值得頻頻回首的壯舉，又有哪一件不是憾事。

初夏的大柳樹下一片清陰，蟬鳴不輟，鍛鐵丁丁。

中散大夫是窮的貴族，世襲了幾棵大柳樹，激水以圜之，居然消暑佳處，向秀為佐鼓排，叔夜箕踞而鍛，揚鎚連連，我雖對鎚如禮，此心怔忡，以為這枝龍頭杖是為死神引路的——清早策騎赴此，相見便道：「鍾會真的要來了！」二十年來未嘗見喜慍之色的嵇康竟皺起了眉頭……子期亦來報此消息，斟酌大半天，還是順從了嵇公的決策，演這場戲。心裡都希望鍾會不來——不來就好了。

然而來了，長長一隊，馬驕遊龍，衣媲輕雲，諸俊彥扈擁著正被大將軍兄弟幸昵的鍾會，果然尊榮倜儻，而神色又是那樣安詳恭謹。

鎚聲、蟬鳴、犬吠、風吹柳葉……不知過了什麼時辰……鍾會及其賓從終於登鞍攬轡了，我沒料到嵇康忽然止鎚昂首，問道：

「何所聞而來？何所見而去？」

「聞所聞而來。見所見而去。」鍾士季哪裡就示弱了。

霎時寂然，蟬也噤了似的。

馬頭帶轉，蹄聲嗒嗒，漸行漸遠，他們故意走得那樣的慢。

夕陽西下，柳陰東移，一種出奇的慵懶使我們兀坐在樹根上真想躺倒，沉睡。

我不免諮嗟：

「鍾士季如此遭遇，其何以堪！」

「不若是，我何以堪？」叔夜進而問道。

「子易我境，更有脫略乎？」

對曰：

「與公一轍耳！」

子期亦軒然而苦笑。

殺機便是這樣步步逼上來。嵇康自導自演了這場戲，以前的伏筆已非一二，再加上那封與山巨源絕交書，接著又是呂安罹事，嵇康詣獄明之。鍾會比嵇康更清楚地看到「殺機」成熟了，便在那個路人皆知其心的晉文王前，一番庭論，讒倒了「目送歸鴻，手揮五弦」的大詩人，嵇康下獄，與華士、少正卯同罪。歷史真的不過是一再重複，惡的重複。

當三千太學生奮起聯名，請以為師，時論皆謂中散大夫容或得免於誅，我想，糟了，「波蕩眾生」，這就更堅了大將軍必戮嵇康之心。

叔夜的自知之明和知人之明其實是足夠的，是他的風骨，他的「最高原則」，使他不能不走這條窄路，進這個窄門。與山濤的絕交書之所以寫得如此辛辣汪洋，潛臺詞是：我終不免一死，說個痛快吧，也正是因此可以保全你。

山公本以度量勝，疇昔一面，契若金蘭，嵇與山，何嫌何隙，不過是，明裡設一迷障，騙過司馬昭，暗裡托一心事：小兒嵇紹，全仗山公了——這一著棋，唯巨源領會無誤，大將軍且不談，就是嵇紹本人也是被乃父瞞住了的。

二十年後，果然，山公舉康子紹為秘書丞，嵇紹似乎覺悟了，然而還不知究竟，臨到要去謁謝山公時，他有點踟躇，我口中鼓舞他，心裡想的是：嵇康有子，清遠雅正，而神明不如乃父，畢竟差得多了。

叔夜既歿，余心無所托，寥落晨昏，唯有期待於山濤了，癡癡二十歲，終於聆到了他對嵇紹說的一番話，其實是在對亡友表衷情：

「為君思之久矣，天地四時，猶有消息，而況人乎！」——說得太好了，一往深情……每憶此言，輒喚奈何。

至此，我也覺得可以回過頭來，再表彰魏晉人士的好「比」。

我問龐士元：「顧劭與足下孰愈？」

答曰：「陶冶世俗，與時沉浮，吾不如顧；論王霸之余策，覽倚仗之要害，吾似有一日之長。」

我問謝鯤：「君自謂何如庾亮？」

答曰：「宗廟之美，吾不如亮；一丘一壑，自謂過之。」

既知桓公與殷侯常有競心，我問殷：「卿何如桓？」

殷曰：「我與我周旋久，寧作我。」

我又問劉真長：「聞會稽王語奇進爾邪？」

劉曰：「極進，然故是第二流中人。」

我再問：「第一流復是誰？」

劉答：「正在我輩耳。」

殷侯既廢，桓公語我曰：「少時與淵源共騎竹馬，我棄去已輒取之，故當出我下。」

某日酒酣，王中郎忽問劉長沙：「我何如荀子？」

劉答曰：「卿才乃當不勝荀子，然會名處多。」

中郎顧我而指劉曰：「癡！」

某夕在瓦官寺，商略西朝及江左人物，劉丹陽、王長史並在座，我問桓護軍：「杜弘治何如衛虎？」

桓答曰：「弘治膚清，衛虎奕奕神令。」

王劉亦善其言。

只有一次，我落了空，那天在桓公座，問謝安石與王坦之優劣，桓公初言又止，笑曰：

「卿喜傳人語，不能復語卿。」

而最暢快的一次是問孫興公：「君何如許掾？」

孫曰：「高情遠致，弟子服膺；一吟一詠，許將面北。」

大概是彼此多飲了幾杯，我乘著酒興，不停地問：

「劉真長何如？」

曰：「清蔚簡令。」

「王仲祖何如？」

曰：「溫潤恬和。」

「桓溫何如？」

曰：「高爽邁出。」

「謝仁祖何如？」

曰：「清易令達。」

「阮思曠何如？」

曰：「弘潤通長。」

「袁羊何如？」

曰：「洮洮清便。」

「殷洪遠何如？」

曰：「遠有致思。」

回答得真是精彩繽紛，雖已說了自己與許掾的較量，我還問：

「卿與諸賢掩映，自謂何如？」

答曰：「才能所經，悉不如諸賢；至於斟酌時宜，籠罩當世，亦多所不及；然以不才，時復托懷玄勝，遠詠老莊，蕭條高寄，不與時務縈懷，自謂此心無所與讓也。」

我忍不住，繼續問：「卿謂我何如？乞道其詳。」

孫曰：「軒渠磐礴，憨孌無度，幸毋巧累，切忌俊傷，足下珍重，我醉，且去。」

於是撫掌相視大笑，梁塵搖落，空甕應響，盡今夕之歡了。

如此一路雲遊訪賢，時見荊門晝掩閒庭晏然，或逢高朋滿座詠觴風流，每聞空谷長嘯聲振林木——真是個干戈四起群星燦爛不勝玄妙之至的時代。

溫太真者，自亦不凡，世論列於第二流之首，當名輩共說人物第一將盡之間，我見溫屏息定眸，慘然變色——足知這種競「比」的風氣之莊嚴淋漓，正是由於稍不相讓，才愈激愈高，愈澄愈清。神智器識，蔚為奇觀，後人籠統稱之為「魏晉風度」，而「酒」和「藥」，是否能怡情養性益智輕身，恐怕是次要的引證，或者是反面的解釋了。

旅行結束，重回二十世紀末的美利堅合眾國。

紐約曼哈頓五十七街與麥迪遜大道的交界口，一幢黑石表面的摩天樓的低層，巨型的玻璃牆中，居然翠竹成林，紳士淑女，散憩其間。我燃起一根紙菸，凝視青篆裊裊上升，心中祭奠著嵇康，「興高采烈」，本是評讚嵇康的獨家形容詞，他的「聲無哀樂論」，他的「鍛工雕塑」，是非常之現代性的，而我，不過是一介忘了五石散而但飲咖啡的古之遺狂而已，就算是也能裝作旁若無人，獨坐幽篁裡，明月不來相照了。

若論參宰羅馬，弼政希臘，訓王波斯，則遙遠而富且貴，於我更似浮雲。

同車人的啜泣

秋天的早晨，小雨，郊區長途公共汽車站，乘客不多。

我上車，選個靠窗的座位——窗下不遠處，一對男女撐著傘話別。

女：「上去吧，也談不完的。」

男：「我妹妹總不見得十惡不赦，有時她倒是出於好心。」

女：「好心，她有好心？」用手掌在自己脖子上作刀鋸狀：

「殺了我的頭我也不相信。」

……

男：「肝火旺，媽的病是難好了的，就讓讓她吧。」

女：「誰沒病，我也有病。娘女兒一條心，鬼花樣百出。」

男：「……真怕回來……」

女：「你不回來，我也不在乎，她們倒像是我做了寡婦似的笑話我。」

男：「講得這麼難聽？」

……

郊區和市區，一江之隔。郊區不少人在市區工作，週末回來度假，多半是喜氣洋洋的。這對男女看來新婚不久，一星期的分離，也會使女的起早冒雨來送男的上車。憑幾句對話，已可想見婆媳姑嫂之間的風波火勢，男的無能息事寧人，儘管是新婚，儘管是小別重逢，煩惱多於快活——就是這樣的家庭小悲劇，原因還在於婆媳姑嫂同吃同住，鬧是鬧不休，分又分不開。從二人蒼白憔悴的臉色看，昨夜睡眠不足，男的回家，女的當然就要細訴一週來的遭遇，有丈夫在身邊，嗓門自會扯高三分。那做婆婆、小姑的呢，也要趁兒子、哥哥在場，歷數媳婦、嫂子的新鮮罪過，牽動既往的種種切切——為什麼不分居呢，那是找不到別的住房，或是沒有夠付房租的錢。複雜的事態都有著簡單的原因。

我似乎很滿意於心裡這一份悠閒和明達，畢竟閱人多矣，況且我自己是沒有家庭的，比上帝還簡單。

快到開車的時候，他二人深深相看一眼，男的跳上車，坐在我前排，女的將那把黑傘遞進車窗，縮著脖子在雨中奔回去了。

那人把傘整好，掛定，呆了一陣，忽然撲在前座的椅背上啜泣起來……

同車有人啜泣，與我無涉。然而我聽到了那番話別，看到了蒼白憔悴的臉，妄自推理，想像了個大概，別的乘客不解此人為何傷心，我卻是明明知道了的。

並非我生來富於同情，我一向自私，而且講究人的形象，形象惡俗的弱者，受苦者，便很難引起我原已不多的惻隱之心。我每每自責鄙吝，不該以貌取人；但也常原諒自己，因為，凡是我認為惡俗的形象，往往已經是指著了此種人的本心了。

啜泣的男人不是惡俗一類的，衣履樸素，臉容清秀，鬚眉濃得恰到好處，中等身材，三十歲不到吧。看著他的瘦肩在深藍的布衣下抽動，鼻息聲聲淒苦，還不時長歎、搖頭……怎樣才能撫及他的肩背，開始與他談話，如何使母親、妹妹、妻子，相安無事……會好起來，會好起來的。

先關上車窗，不是夏天了，他穿得單薄。

啜泣聲漸漸平息，想與他談話的念頭隨之消去。某些人躲起來哭，希望被人發現。某些人不讓別人找到，才躲起來哭。這兩種心態，有時也就是同一個人、在不同的情況下表現的。

提包裡有書，可使我息止這些乏味的雜念。

是睡著了，此人虛弱，會著涼致病，脫件外衣蓋在他肩背上……就怕擾醒了，不明白何以如此而嫌殷勤過分……坐視別人著涼致病……擾醒他又要啜泣，讓他睡下去……這人，結婚到現在，休假日都是在家庭糾紛中耗去的……這是婚前沒有想到的事……想到了的，還是結了婚……

豈非我在與他對話了。

看書。

……

將要到站，把書收起，正欲喚醒他，停車的一頓使他抬起頭來——沒有忘記拿傘。下車時我注視他的臉——剛才是睡著了的。

路面有了淡淡的陽光，走向渡江碼頭的一段，他在前面，步態是稍微有點搖擺的那種型。他揮動傘……揮成一個一個的圓圈，順轉，倒轉……吹口哨，應和著傘的旋轉而吹口哨，頭也因之而有節奏地晃著晃著……

是他，藍上衣，黑傘。

……

渡江的輪船上站滿了人，我擠到船頭，倚欄迎風——是我的謬見，常以為人是一個容器，盛著快樂，盛著悲哀。但人不是容器，人是導管，快樂流過，悲哀流過，導管只是導管。各種快樂悲哀流過流過，一直到死，導管才空了。瘋子，就是導管的淤塞和破裂。

……

容易悲哀的人容易快樂，也就容易存活。管壁增厚的人，快樂也慢，悲哀也慢。淤塞的導管會破裂。真正構成世界的是像藍衣黑傘人那樣的許許多多暢通無阻的導管。如果我也能在啜泣長歎之後把傘揮得如此輕鬆曼妙，那就好了。否則我總是自絕於這個由他們構成的世界之外——他們是渺小，我是連渺小也稱不上。

帶根的流浪人

有個捷克人，申請移民簽證，官員問：
「你打算到哪裡去？」
「哪兒都行。」
官員給了他一個地球儀：
「自己挑吧！」
他看了看，慢慢轉了轉，對官員道：
「你還有沒有別的地球儀？」

——Milan Kundera

地形宛如展翅蝙蝠的捷克斯洛伐克，原來是東西黷武君主所覬覦的美妙走廊，走來走去就不走了，把走廊充作歷史實驗室，其味無窮地細細試驗極權主義的大綱小節，一切顯得天長地久。

位處中歐，東北界波蘭，南鄰羅馬尼亞及奧匈二國，西北接壤德意志。地勢高爽，大洋性大陸性氣候兼而有之，雖無海口，易北、多瑙兩河交通暢洋，農、林、礦、牧的豐饒，皮革和玻璃工業源富技精，俊傑迭出的人文傳統，民情醇如醴風俗燦似花，啤酒泡沫潮湧……昆德拉頭也不回地背離這五萬五千平方英里的蝙蝠形故土——棄而不顧？唯其欲顧無術，毅然棄之，棄，才能顧，他算是棄而後顧吧，他。

放逐與流亡，想想只不過是一回事，再想想覺得是兩回事。移民，又是另一回事。入了別的國籍再回出生國，更是但丁、伏爾泰始料未及的現世輪迴——「流亡作家」的命運大致如此：浪跡之初，抖擻勁寫，不久或稍久，與身俱來的「主見」、「印象」、「塊壘」、「浩然之氣」消耗殆盡，只落得不期然而然的「絕筆」。有的還白髮飄蓬地歸了根。據說這是極權主義者心機奇深的一項策略，凡是無論如何馴制不了的異端，便索性讓他脫根而去，必將枯死異邦，或萎癟癟地咳嗽著回來……但事不儘然，本世紀上葉固多前述的慘例，下葉，卻不乏後例的雅範：天空海闊，志足神旺，舊閱歷得到了新印證，主體客體間的明視距離伸縮自若，層次的深化導發向度的擴展。這是一種帶根的流浪人。昆德拉帶根流浪，在法國已近十年，與其說他認法國為祖國，不如說他對任何地理上的歷史上的「國」都不具迂腐的情結。

昆德拉在法國不以為是異鄉人，稚氣盎然地認定捷克千載以來本是歐羅巴之一部分，這是自在的，那麼捷克的現狀豈非不自在了。所以他曾覺得在布拉格反而比在巴黎更有失根之感。此話總該由他說，說得兄弟們相視莫逆而笑。然後，他用捷克文寫小說，最熟悉的事物用最熟練的文字來表現。流亡作家以中年去國者為佳，昆德拉的經驗、想像全淵源於波希米亞、布拉格。

什麼是「布拉格精神」？有直接的或間接的詮釋嗎？

《城堡》，《好兵帥克》，諒必就意味著這種精神。

說是對於現實的「特別感覺」（出奇的敏銳吧）。

說是持「普通人」的觀點，站在下層，縱觀歷史（仰視的，倒過來的鳥瞰）。

說是「挑戰性的純樸」（如果作「純樸的挑戰性」呢，即原生的反彈力）。

又說所謂「布拉格精神」具有一種「善於刻畫荒謬事物」的才華（那是多麼可喜）。

又說還有一種「無限悲觀的幽默」（那就真是可欽可愛之極了）。

這些，誰說的？米蘭・昆德拉，他幾乎是在說自己。

算來一百多年了，左，右，左派，右派，左而右之，右而左之，左中右傾，右中左傾……

昆德拉說：「在極權主義裡，沒有左右之分的。」

這是一則不妙而絕妙的常識。

大家可以基於此則常識而作讜論，無奈S形的環繞依舊不知窮盡，昆德拉這樣一句話，就顯得如雷貫耳了。以「無限悲觀的幽默」來對待，那是昆德拉私人的選擇。所幸者「布拉格精神」非昆德拉之獨具，亦非布拉格之特產，任何時代的任何地域，都有少數被逼成的強者，不得不以思索和批判來營構生活。當一代文學終於周納為後世的歷史信讞，遲是遲了，鐘聲不斷，文學家免不了要擔當文學以外的見證。如果災難多得淹沒了文學，那麼文學便是「沉鐘」。極權主義最大的伎倆，最叵測而可測的居心是：製造無人堪作見證的歷史。上帝是坐觀者，也從不親自動手敲幾下鐘。文學家就此被逼而痛兼史學家，否則企待誰呢。

壓迫，會使文藝更嚴肅更富活力——這個羅曼蒂克的論點，促成許多俊彥犧牲到沒有什麼再可犧牲為止，相等於夢中死去。昆德拉知道暗裡傳閱手稿的年代絕不會造成文化昌盛期。一九六六年坦克滾進布拉格，捷克文學全部查禁，聾、啞、盲，捷克只存在於地圖上，地球儀上，一塊蝙蝠型的斑跡。

政治教條的首功是：強定善惡，立即使兩者絕對化，抹掉中間層次，無處不在的厲虐性構成了。這還只是一重奇妙，更有另一種奇妙緊接而來：人們在俯首聽令時，甘於殉從最簡明易行的令，宗教早就試驗了這類庶民的心理取向。貫徹一種酷烈的意志，以採用幾個字、兩三句烙印鮮明的話最能生效，最富誘惑力。初受政治教條的控制時，譁囂折騰中，來不及聯想到人的極權乃是神的極權的變相和加劇，等到有所察覺，人的極權的機械器械系統性的完備程度，早已超出神的極權的模式之上了。怎麼樣。

昆德拉看到的歷史實驗室是中歐：一個帝國的覆滅──幾許小國的再生──民主──法西斯──德軍的強占殺戮──蘇軍霸據、持異見者遭放逐──理想社會的一線希望──希望的熄滅──極權主義的恐怖統治──昆德拉兄弟們的決然去國……對於人，在這樣的歷史遭遇中活過來，而正在活下去的人，昆德拉看得發怔。人可以如此孜孜矻矻苟且營生，文學，比「人」更精煉強韌的「文學」，卻窒息而死。

昆德拉畢竟經歷過來，他看清幼稚無知是青年的宿命特徵，黑白分明的道德觀加上羅曼蒂克的情緒爆炸力，正好被極權的恐怖統治者充分利用，一代青年老去，另一代青年上來……極權主義沒有年齡，就這樣，總歸是沒有年齡的東西支配有年齡的東西。

奧國的 Hermanu Broch 對昆德拉說了句悄悄話：「作家唯一的道德是知識。」聽者一驚而笑，他想，然而怎樣的文學作品才有存在的理由和價值？該是彰顯人類的尚未昭露過的生命的那些篇章。「宣揚真理」，「呈示真理」，昆德拉以為文學家的能事是「呈示」不是「宣揚」──他算是冷靜了，再冷靜下去，便見「真理」只供「呈示」無可「宣揚」，唯有被呈示時是純粹的、一經宣揚便變質的，才可能是真理。文學家在「宣揚真理」這番歷時以千年計的繁浩劇情中幾乎將文學汨沒，而「呈示真理」則已經差不多全是重複重複，徒以呈示的手段為炫耀。所以，再冷靜下去，悄悄話也將寂然無聞，不過這畢竟為時還早，文學家之間還有一驚而笑的機緣在。

要說「自然生活」，就涉嫌「理想主義」，儘管理想主義已含羞帶愧退場了，剩下的掛念仍然是「怎樣才能比較自然地生活」，人類可憐到只求各留一份彈指欲破的隱私，有隱私，就算自然。

「隱私」，「自然生活」，昆德拉樂談的一而二、二而一的話題，「任何揭人隱私的行為都該受到鞭撻」。誰來鞭撻呢？「隱私」原本不成其為「權利」，當它受到鄰人般的警探和警探般的鄰人晝夜作踐時，「隱私」才反證為神聖。因此，一旦到了爭隱私的時候，必是萬難擁有隱私了。而專以摧殘隱私為能事、樂事者，卻看準被虐者的弱點，久而久之的作踐，使人喪失私生活的界範，再久而久之就泯滅了私生活的意識。

「沒有隱私，愛情和友誼將是不可能。」昆德拉在塞納河畔說這話是有深意的，在坦克的履帶下，三復斯言也等於夢囈，新的野蠻以極權、官僚、武力為特徵，步步襲毀「自然生活」，舉凡「嚴酷」，皆「輕率」出之，昆德拉認為「輕率，是莫大的罪過」，到了「自然生活」被破壞得使人失去「私生活」的意識時，一切更其輕率得不覺其輕率，「無限悲觀的幽默」也棘手於架構文學了——中古的「野蠻」在嗜殺「文明」後，會徐徐異化為「文明」，近世的新「野蠻」具有克止異化的特殊功能。至此，信念轉為：輪迴即使狀如中斷，實未中止，運行「野蠻」與

「文明」的消長的僅是輪迴的諸律之一律，此一律始終受諸律的制約。

「輪迴觀念」怎會是由尼采啟示的呢，這個古老觀念經尼采重提時濾去了宗教幻想，便赤裸直接得使哲學家們大感困擾——它的無處不在的威脅性，逼使昆德拉作成其生涯，由此聯想到尼采之為尼采，他在文學家身上發生的親和力，往往大於對哲學家的影響。歷歷可指的是：凡在理念上追蹤尼采的那些人，稍後都孱乏而離去，莫知所終，而因緣於品性氣質，與尼采每有冥契者，個個完成了自己的風範。昆德拉是不孤獨的。帶根流浪人，精神世界的飄泊者，在航程中前前後後總有所遇合。一個地球儀也夠了。

兩個朔拿梯那*

1

慘魚

有沒有讀了安徒生寫的〈美人魚〉而不動衷的人，我想是沒有的。

而雕刻家埃里克森總也是一秉至誠，鑄作了青銅的「美人魚」，她的右手撐在岩石上，左手搭在腿上，她有兩條以致命的痛苦換得的腿，現在屈膝坐在海邊，望著海——她並不漂亮，確是有一種特殊的淳樸真摯的感應——哥本哈根缺了她就不成其為世界名城。

她的意義已被複合得說不全了，熱情、忠貞、智慧、懿德，她帶給丹麥除了愛的道義、犧牲的榮耀，還增加了丹麥人的財富，川流不息的旅遊者，到了北歐，誰不想見見她。東歐的美人魚是尚武的、官方的，北歐的美人魚始終文靜，純粹是民間的（雖然她出身是公主），她比任何一朝的丹麥國王都重要，在丹麥人的心靈上。

丹麥可愛的東西真不少，物理學派、童話、文學評論、餅乾，就這些已夠我歡歡喜喜。對不起，我在美國還是一直吃丹麥出品的餅乾的。

一九八四年七月二十三日美聯社哥本哈根電：

「昨日，美人魚右臂被人鋸走一截……」

「……二十年前，她被人鋸走了頭顱，迄今尚未破案。」

「鋸手臂的暴徒是兩個十八歲的青年……」

「兩個暴徒承認是酒醉後的行為。」

警探說：「兩個青年酒醒後，發現同伴中太多人知道此事，不可能逃得掉，才攜著鋸下來的手臂向警方自首。」（否則又不能破案了，丹麥警探吃什麼的！）

可見兩個丹麥小子在酒醒時很有推理力，是啊，喝多了自然就糊里糊塗了，那麼為什麼不把自己的手臂鋸下來，至少可以相互把同夥的手臂鋸下來玩玩。

上午十時收到美聯社哥本哈根電，到夜間還是不想說話，不想看書，音樂，免了吧。

臨寢，有點餓，喝牛奶時看見餅乾匣上的「美人魚」的畫像，我連餅乾也不忍吃——右臂，是撐在岩石上的。

但願丹麥國沒有廢除死刑。

睡不著，以越洋電話詢之於丹麥的老友，她說：

「嗯哼，那暴徒嗎？已經交保釋放了……」

該死的哥本哈根警察局！

我斷言十九世紀是不會發生這種事情的，只有二十世紀才會如此。

該死的二十世紀。

＊朔拿梯那，Sonatina，小奏鳴曲。

聖驢

巴西，驢子，教皇，三者發生了關係。

巴西男人達米奧四年來鍥而不捨要將一頭驢子送給教皇若望·保祿二世。

達米奧說：

「驢子是象徵人道和貧困。」

一九八二年他到聖彼得廣場，絕食，獻驢，教廷堅拒該驢進入聖場，堅拒。

一九八四年汽車司機達米奧突然宣佈競選巴西總統，數度攀登六百八十尺高的電視塔和三百三十尺高的旗杆，發表演說：

絕非沽名釣譽，純為民主作貢獻，「是一股莫名其妙的力量，激勵我為飢餓者和受壓迫者站出來說話！」

印第安人領袖胡倫納宣佈支持他競選。
看來巴西有希望。
選舉達米奧沒有用啊，該選舉驢子。
「和散那！」
當耶穌騎驢進入耶路撒冷時，眾人搖著棕櫚葉和橄欖枝，呼喊：
「和散那！」
那時沒有汽車，所以沒有汽車司機達米奧。
耶穌再來人間，不必騎驢，改坐達米奧駕駛的汽車。
「和散那！」
一切要等耶穌來。
第二次來時，可不要像第一次來時那樣軟弱無能。

臭蟲

「菲律賓」，讀起來很悅耳，想起來是個炎炎的慵美的夢幻之國——當我年少時，男子最風流的髮型叫作菲律賓式，長長的，掠過耳邊，打個大彎，翻貼在後腦，必須用髮漿髮蠟才弄得像樣，因而時髦的大學生的枕頭都是油膩不堪，涼冰冰的。

真的菲律賓根本不像「菲律賓式」髮型那樣純情，那樣光潤舒齊——亂得很，吵鬧得很，經濟不景氣得很，自顧不暇的政府煞有介事地反毒，成效是毒品價格飛漲，吸毒的人愈來愈多，日子真難過，日子總得過。

這時，臭蟲應運而生，該說是應運而至，牠們從韓國乘風破浪而抵馬尼拉，然後大批大批繁殖，然後以每隻七十比索的價錢賣出去。

如果，啊不是如果，是必須把這種臭蟲生吞下肚，所得的結論是：與吸大麻或其他毒品的滋味差仿不多，甚至完全相等，簡直有過之而無不及。

她，自己老是說是二十歲，當然是個資深妓女，對我說：「我是咬的，我嚼爛一隻臭蟲，我的頭脹得很大，很舒服，舒服極了——你快試試，何必騙你呢，不要你另外付錢。」

我本來就沒有付她錢，更不必另外付錢。在妓女的眼裡，每個男人都是嫖客，耶和華與撒旦概不例外，所以把我看錯了。

菲律賓的政治可悲，菲律賓的妓女可悲，菲律賓人吞嚼臭蟲可悲——豈非悲不完了，還看到一叢瘦黑的男人，聚在暗屋的角落，把千百隻臭蟲焙乾，細細磨成粉，摻在啤酒裡、咖啡裡——幹什麼啊？他們笑孜孜地向我睞霎眼睛，忽然大聲說：

「喝啊，喝下去便知道，女人個個都不肯放掉你了！」

是春藥，新古典主義的春藥。

我再也不願待在菲律賓寫啟迪民智的空頭論文了，連想到少年時曾經留過「菲律賓式」髮型這一點，我也感到噁心。

2

枯花

往希臘，一般是取道意大利或奧地利。如果從奧地利乘火車穿越南斯拉夫，離開希臘時坐船抵意大利，不是很聰明嗎？

還算是有心提前一小時進入維也納火車站的了，二十世紀末，四十小時的車程，夠傻氣盎然。希臘真迷人，但是我總得有個座位啊。

長途火車的車卡外掛出不同的終點站牌子，往雅典的只有兩卡，說是某些車卡會在中途某站脫開來，接上另一列火車開到目的地——那也就是了。

去雅典的，早已滿座，誰想得到有那麼多的人情願受苦四十小時，希臘有多大的魅力。

早在三十年前，一天上午，劍橋大學悄然沸騰起來，有十位希臘男女青年來遊學，劍橋攻文學的來自各國的老學生，十個有九個是希臘癖，希臘狂，興奮得要命，活活的希臘人來了……來是來了，圍上去握手言歡，心裡全不是滋味——希臘人，是純種的希臘人，這樣猥瑣，傖俗，難看死了，大家一下子就坍倒，癟掉，握手已極勉強，言歡更不由衷……散了，希臘癖希臘狂散了之後，又集攏來，愁眉苦臉，一同去找那位僅次於上帝的H教授訴苦：

「希臘人怎麼會是這樣的呢？」

H教授幾乎是不假思索地回答出來，使大家霍然而愈，他說：

「枯萎的花，比枯萎的葉子更難看。」

所以三十年之後，我是去看希臘的物，不是去看希臘的人。我呆立在車廂的走道上，大概又是愁眉苦臉，引得一位精通世務的陌生旅伴為我出主意：先到接鄰的車中去坐坐，快要「脫卡」時，別忘了趕回此卡來——別人是比我聰明。

翌晨，進入南斯拉夫，海關人員檢查護照，我早已在倫敦辦好南斯拉夫的入境手續，然而持有的是西歐火車證，東歐國家不能使用，需要補票囉——有兩個歐洲！我是比別人笨。

貝爾格萊德站有一段較長的間歇，眼看比我聰明的乘客紛紛轉到向雅典進發的車卡去，我才如夢乍醒——又沒有座位了。

火車開動……簡直是流亡，簡直是在向希臘討還相思債。窗外，一色的田野，誰不知道種植小麥、玉蜀黍、向日葵，半天盡是這些小麥玉蜀黍向日葵，不是使人厭倦，而是使人要哭了。就這一次，下次再也不必來。

天氣酷熱，每及大站，眾乘客下去舒筋骨，樽呀壺呀集在那裡受水，還洗臉洗頭，洗別的。

晚上涼得發寒噤，深夜被檢票人員吵醒，才知道自己在狹窄的通道邊角睡著了。人來人往。

再翌晨，進入希臘境內。近雅典，有人來散送旅店的宣傳單：一個床位每晚收希臘幣百元稍多些，很便宜——我不大相信似的，總還有什麼麻煩要發生。

第一眼望見那些石頭古跡的感覺是，在碧海藍空間，它們白得炫目——這是對的嗎？

我就是受苦吃虧在老是要想到什麼是應該的，什麼是不應該的。

小燭

來維羅那的第二天，憑弔茱麗葉之墓，那是在郊區了，月夜呢。

驅車入市，歌劇未開場，樂得徒步繞劇場一周。

誰說這是世界上最壯觀的劇場？說得沒錯，一世紀時建造的巨型的橢圓的碗，此碗可容兩萬五千人，每人都清晰地聽到意大利的翻來覆去使人著迷的歌劇。

九時開演，開演前有售節目單、零食、望遠鏡、雨衣、小蠟燭，也買一枝吧。

其他的照明全熄了，樂隊那裡是亮的，指揮一身白禮服，全場掌聲雷動，二萬五千枝小燭霎時都自己點著了。

我忽然感激起來，意大利人的善於一直浪漫下去，真正是必不可少的德行。

（聽眾從來是處在黑暗中的，密密麻麻地孤獨著，聽眾從來是死骸似的——現在好了，好得多了）

一燭一人一靈魂。這時，差不多是這樣。

歌劇的致命的精彩，使聽眾欲仙欲死欲死欲仙，如果世界上沒有歌劇，那可怎麼辦呢。

謝不完的幕，謝不完了，謝幕比歌劇還精彩。

主角竟向聽眾席走過來，近了，近了，我，真想，真想把男主角女主角一口吞掉。

當沒有辦法時，我轉念嚼爛節目單，那上面赫然有一行字：

Un Teatro uincd al Mondo

（世上獨一無二的劇場）

那我也是啊，我是世上獨一無二的聽眾。

老箱

這古屋名叫 Coekield Hall, Yoxtord，粗莽的樹幹，用來做成樓梯、樑柱，牆也是木牆。主人說：名貴就在於此——不說也知道，英國貴族還是免不了自道其優越。

這暗蹇蹇的古屋是荷蘭式，當然很好，好在沒人再有如此濃厚的雅興認真起造了。Lady Caroline Blois，女士年輕得很，她認為中國人必然喜歡中國物，幾乎是強迫地引誘地把我帶進儲藏室，指給我看的是兩只大皮箱，皮很軟，髹足了棗紅的漆。

分明是我外婆房裡的大床北角的皮箱，怎會來英國蘇佛克郡。即使是同一工廠同一批手工業師傅的製品，我還是認為這兩只大皮箱是我外婆家的。

由倫敦到 Sarmurdham 鎮乘的是火車，來接的便是房東太大，一個獨居的、耽於寫作的女詩人，女詩人又怎麼樣，不過她真是嫻靜、多禮。七鎊，每天七鎊是算很低廉的了。並知是包括了玫瑰盛開的花園，同樣玫瑰紅的房間，床金色，電視幸虧是黑白，早餐無疑是英式，亨利蛋，火腿，等等。也罷。這個地方叫 Aldeburgh。

我已經發現好幾個地方，如果是河流與海洋的交匯點，便有很美的景色，至少是綠草怒生，高齊肩頭，其間小徑曲曲，當海鷗嘎然飛出來時，才知牠們喜歡棲息在草叢深處。

Helmingham 教堂，有一個全用碎石砌成的鐘樓，哥德式。

Cretingham 教堂是維多利亞朝遺物。聽眾席是一間一間的小房——這樣就好了嗎？

Tollemache 家族的大屋建於十五世紀，外牆取朱紅與白，說去年請著名建築師 Angus Mcbean 全部裝修過（英國貴族豈非在欣欣向榮了），不知為什麼我對那幾道吊橋特別想得多，吊橋，十足代表中世紀，以為全部吊起，什麼事都沒了，永遠中世紀了。那大屋主人也來這一套，強迫我引誘我進入他的起居室，牆上掛著中國畫，畫上無款無章，知道是宋朝畫院的次品，與我何涉。

主人問：

「是神品嗎？」他能用中國音說「神品」。

我似乎點了點頭，似乎聳了聳肩。

然而那鬆足棗紅漆的兩只箱子使我受不了，那玫瑰色的房、金色的床，也受不了——決計離去。

房東太太女詩人惋惜道：

「何其匆匆，你要到哪裡去呢？」

無詞以答，只能欺騙她：

「我的外祖母病重。」

如果外祖母真的在生病，她是二百多歲了。就在我還未離開中國時，四十餘年不去外婆家——一片瓦礫場，周圍也有野草，聽說後來營建了煉鋼廠，後來，就沒有聽說什麼了。

林肯中心的鼓聲

冬天搬來曼哈頓，與林肯中心幾乎接鄰，聽歌劇，看芭蕾，自是方便，卻也難得去購票。

我的大甥在「哈佛」攻文學，問他的指導教授：美國文明究竟是什麼文明？教授說：「山洞文明。」真正的智者都躲在高樓大廈的「山洞」裡，外面是人欲橫流的物質洪水——大甥認為這個見解絕妙，我亦以為然。

當我剛遷入此六十一街三十W. APT時，也頗有山頂洞人之感。

看門大員力拒野獸，我便可無為而治。儲藏食品的櫥櫃特多，冰箱特大，我的備糧的本能使我一次出獵，大批帶回，塞滿櫥櫃冰箱，一個月是無論如何吃不完的，這豈非更像原始人的冬令蟄伏——是文明生活的返祖現象。想想覺得很有趣，再想想又覺得我自己不是智者，而且單身索居，這山洞委實寂靜得可怕，幾個星期不下樓不出門，偶然飄來一封信，也燃不起一堆火。山洞文明不好受。

可是真的上了街，中央公園大而無當，哈德遜河邊滿目陌生人，第五大道死硬的時裝模特兒，路旁小攤上烤肉串的焦油味……都使我的雙腳朝林肯中心的方向走——我還是回來的好。

我想，那哈佛大學的智慧的教授所說的山洞，寧是指大學、圖書館、博物館、美術館、畫廊，特別是幾個傑出的研究中心和製造中心，才是美國文明的山洞，猶如宇宙中引力強大的黑洞。我在「大都會」、「古根漢」、「惠特尼」、「現代」等館中徘徊時，才有「山洞」感，哥倫比亞大學的閱覽室中的一片寂靜，也是可愛的有為的寂靜——無為的寂靜總會滋生煩惱。

夏天來了，電力的冷風不自然，這只調節器的聲音特別擾人，我已承認害怕寂靜，當寂靜被弄破時，又心亂如麻……不能用這只自鳴得意的空氣調節器。只好開窗。

開窗，望見林肯中心露天劇場之一的貝殼型演奏台，每天下午晚上，各有一場演出。廢了室內的自備音響，樂得享受那大貝殼中傳來的精神的海鮮。節目是每天每晚更換的：銅管樂、搖滾樂、歌劇清唱、重奏，還有時髦得名稱也來不及定妥又變了花樣的什麼音樂。我躺著聽，邊吃邊喝聽，不穿褲子聽，比羅馬貴族還愜意——夏季沒過完，我已經非常之厭惡那大貝殼中發出來的聲音了：不想「古典」的日子，偏偏是柔腸百轉地惹人膩煩；不想「摩登」的夜晚，硬是以火爆的節奏亂撞我的耳膜。勿花錢買票，就這樣受罰了。所以每當雷聲起，電光閃，陣雨沛然而下，我開心，看你們還演奏不。

可惜不是天天都有大雷雨，只能時候一到，關緊窗子。如果還是隱隱傳來，便開動我自己的「音響」與之抗衡，奇怪的是但凡抱著這樣的心態的當兒，就也聽不進自選的音樂，可見行事必得出自真心，做作是不會快樂的。

某夜晚，燈下寫信，已就兩頁，意未盡；那大貝殼裡的頻率又發作了，側首看看窗外的天，不可能下雨，窗是關緊的，別無良策，管自己繼續寫吧……樂器不多，鼓、圓號、低音提琴，不三不四的配器……管自己寫吧……

寫不下去了——鼓聲，單是鼓聲，由徐而疾，疾更疾，忽沉忽昂，漸漸消失，突然又起翻騰，恣肆癲狂，破石驚天，戛然而止。再從極慢極慢的節奏開始，一程一程，穩穩地進展……終於加快……又回復嚴峻的持續，不徐不疾，永遠這樣敲下去，永遠這樣敲下去了，不求加快，不求減慢，不求升強降弱，唯一的節奏，唯一的音量……似乎其中有微茫的變化，這是偶然，微茫的偶然的變化太難辨識，太難辨識的偶然的微茫的變化使聽覺出奇地敏感，出奇的敏感的絕望者才能覺著鼓聲在變化，似乎有所加快，有所升強……是加快升強了，漸快，更快，愈來愈快，愈來愈快愈來愈快……快到不像是人力擊鼓，但機械的鼓聲絕不會有這「人」味，是人在擊鼓，是個非凡的人，否定了旋律、調性、音色、各種記譜符號，這鼓聲引醒的不是一向由管樂弦樂聲樂所引醒的因素，那麼，人，除了歷來習慣於被管樂弦樂聲樂所引醒的因素之外，還確有非管樂弦樂聲樂能引醒的因素存在，一直沉睡著，淤積著，荒蕪著，這些因素已是非常古老原始的，在人類尚無管樂弦樂聲樂伴隨時，曾習慣於打擊樂器，漫長的遺棄廢置，使這些由今晚的鼓聲來引醒的因素顯得陌生新鮮。古老的蠻荒比現代的文明更近於宇宙之本質，那麼，我們，已離宇宙之本質如此地遠漠了，這非音樂的鼓聲倒使我回近宇宙，這鼓聲等於無聲，等於只剩下鼓手一個人，這人必定是遒強美貌的，粗獷與秀麗渾然一體的無年齡的人——真奇怪，單單鼓聲就可以這樣順遂地把一切欲望擊退，把一切觀念敲碎，不容旁騖，不可方物，只好隨著它投身於基本粒子的分裂飛揚中……

我撲向窗口，猛開窗子，手裡的筆掉下樓去，恨我開窗太遲，鼓聲已經在圓號和低音提琴的撫慰中作激戰後的嬌憨的喘息，低音提琴為英雄拭汗，圓號捧上了桂冠，鼓聲也就息去——我心裡發急，鼓掌呀！為什麼不鼓掌，湧上去，把鼓手抬起來，拋向空中，摔死也活該，誰叫他擊得這樣好啊！

是我激動過分，聽眾是在劇烈鼓掌，吆喊……我望不見那鼓手，大貝殼的下一半被樹木擋住，只聽得他在揚聲致謝，我憑他的嗓音來設想他的面容和身材，希望聽眾的狂熱能使他心軟，再來一次……掌聲不停……但鼓聲不起，他一再致謝，終於道晚安了，明亮的大貝殼也轉為暗藍，人影幢幢，無疑是散場。

我懊喪地伏在窗口，開窗太遲，沒有全部聽清楚，還能到什麼地方去聽他擊鼓，冒著大雨我也步行而去的。

我不能荏弱得像個被遺棄的人。

又不是從來沒有聽見過鼓聲，我是向來注意各種鼓手的，非洲的，印度的，中國的……然而這個鼓手怎麼啦，單憑一只鼓發出的聲音就使人迷亂得如此可憐，至多我承認他是個幸福的人，我分不到他的幸福。

那鼓手不外乎去洗澡，更衣，進食，睡覺了。

在演奏家的眼裡，聽眾是極其渺小的，他倒是在乎、倒是重視那些不到場、不願聽的人們。

哥倫比亞的倒影

春日午後，睡著了又醒來了，想起可以喝咖啡，喝罷咖啡，想起早上只刷了牙，沒有洗澡，洗完澡對鏡，髭鬚又該刮了，都說鬍子在美國比在中國長得快，我也就是因為這樣才問別人的——髭鬚之美妙在於想留則留，不想留則隨手除去，除去之後又有懊意，過幾天，鬑鬑頗有，髭鬚是這樣，其他的，就不是如此容易取捨了，例如我自己上街買水果，水果鋪子是我的藥房，徘徊一陣，空手出來，立在百老匯大街上不知何往，我的寓所是介乎水果鋪子與哥倫比亞大學之間，如果面對哈德遜河，右向的一箭之遙，便是哥倫比亞大學，正門站著兩尊石像，裂了，修補好了，始建哥倫比亞大學之際，美國文化的模式還面目不清，才立起這麼兩個似希臘非希臘的一男一女（不是麥可和珍妮），到了無可奈何時才產生象徵，人們卻以為象徵是裕然卓然的事，每次看見這對石像心裡便空泛寂寞起來，也不僅是這裡美洲，其他四洲遍地都有我願意同情而同情不了的人人事事物物，有說除了不是詩的，其他都是詩，那麼除了非藝術的其他都是藝術，除了反文化的其他……吁，眼看散居在各國的耽於沉思精於美食的朋友們，個個怨懟自身所隸屬的世紀，是否我們在糟粕的濁浪滔滔而去之後，啜飲著幾經歷史蒸餾的酒，而將來也有人歎言，「還是二十世紀有味」，這個論點是不妙的，不景氣的，看我能不能駁倒它，我需要找一本書，每次來哥倫比亞大學都是想找一本書，什麼名稱，誰著作的（如果見到了，就知道了），怡靜的長岸似的書案，一盞盞忠誠的燈，四壁屹立著御林軍般整肅的書架，下行的階口憑欄俯眺，書這窀穸，知識的幽谷，學術的地層宮殿，我又訕然滿足於圖書館的景色，而不欲取覽任何一本單獨的書了（想抽菸），已經形成了自我放牧的習慣，這裡多的是草坪，中心主樓的圓柱，破風，又是奧林匹克神廟之摹擬，高高的臺階，中層間一平面，坐著全身披掛的女神，智慧女神即收穫女神之流吧（美國的雅典移民真不少），雕像的座子下剛開過音樂會，椅子，幾件不怕曝曬的樂器，歪斜著（晚上還有一場），紙片，食品袋，飲料的空罐，疏落有致地散在層層石級上，風能吹得動的，便飄起，滾轉，停一停，又飄，又滾……哥倫比亞大學似乎很疲倦，這是不足為憑的戔戔表象，它的內核總還在興奮騰旋，一幢幢大樓都是精神的蜂房，地下還有好幾層建築，四通而八達，如此則上上下下，分析、計算、推測、想像，不舍晝夜，精神的蜂房，思維的磨坊，理論和實驗的巫廚（從中世紀步行來的人只會這樣說），近幾年，哥倫比亞大學平平而過，草坪上的年輕人比石階上的更多，男的近乎全裸，女的已是半裎，大意是享受初夏之日光，三五成群，輕輕談論，時而婉然臥倒，就此不再起來似的，而穿衣裙的也很年輕的母親推著小篷車，有方向地緩緩經過草地，我以為櫻花正是好時候，杜鵑花紫藤花都開得爛漫，大風忽起，粉紅的散瓣飛舞成陣，那麼櫻花是謝了，前幾天我在做什麼……「Excuse me」，有人請我讓路，運送學位禮服的手推車，一襲襲掛在與人體等高的衣架上，薄，滑亮，人造纖維（不該有的皺褶並未燙平），飄飄蕩蕩，黑的藍的黃的白的學士碩士博士，人生如夢人生似戲是從前的感歎，現在是以羊毛蠶絲苧麻棉花為織物的禮服也不耐煩製作了，太不如夢，遠不似戲……我已步近兩個金髮的孌童，真的，還是這樣好，對蹲在路邊，地上多的是櫻花瓣，捧起來相互灑在頭上（鬈鬈柔媚），不笑，不說話，灑了又捧，又灑，我知道我是不敢蹲下去說「灑在我的頭上好嗎」，那花瓣是涼涼的，癢癢的，臉上，頸上（他們停了，我就走）……他們是不會停的，我將痠澀的眸子轉向大草坪中央的直路，直路西側擺開長約五公尺的貨攤（怎麼回事），學生們多餘的嫌棄的東西希望出售，在往昔漫遊各地的年月中，每逢舊貨攤總有一番流連，人的傷感情調無不可厭，物的傷感情調卻普遍可愛，舊貨攤多半設在露天，布篷帳，好像時時有風吹著，攤主一聲不響，模糊似剪影，羅列的是以小件為主，分類無法嚴明，能懸掛的都高高低低地吊起來，風吹著，輕輕碰觸，所有物件無論如何都是色澤黯淡的，各有一副認命不認輸的表情，彷彿說，「買不買是你的事，我總在這兒」，哥倫比亞大學中央草坪上之出現舊貨攤，就不無海市蜃樓之感，細看那些物件的標價，更令人覺得學生們在鬧著玩，一雙高統男式黑皮靴——九角，等於一枚地下車的 Token，或一只 Hot dog，這是個幽默的價格，皮質原是上好的（現在還沒發脆），多眼的繃帶的圓頭平跟的再也時髦不起來的靴子啊，毋須試穿就知其正合我的脛和腳，這是二次大戰前的款式（還要早），是林肯先生做律師時的遺物，買了這雙靴，就得尋覓與之相配的衣褲……只好輕輕放下，似乎是告別一場南北戰爭（靴底的泥跡是那時候沾的），我走了，走了幾步，不免轉首回望，靴子抖動了一下，彳亍彳亍走過來倚在我腳邊，多眼的繃帶的，高統圓頭平跟，這還不是十九世紀產品，寧是富蘭克林正待以印刷新聞事業起家之際所流行的靴子，如果買回去，放在書架頂層，其下是富蘭克林的自傳，無疑情趣盎然，當富蘭克林說「我決不反對把從前的生活從頭再過一遍」時，我驚覺自己難於說得如此爽朗（往事之中大有不堪回首者），然而富蘭克林老闆十分精明，他之所以想要從頭再過一遍生活，說是為了藉以改正謬誤，還要把幾件艱險的事故變得差強人意些，他忽而又補充道，「即使不給我逢凶化吉的特權，我還是願意接受這個機會，再過一遍同樣的生活」——我也願意了，也願意追嘗那連同整船痛苦的半茶匙快樂……靴子呢，靴子已經走回去縮在許多拖鞋、運動鞋中間，高統子耷倒了（九角錢也沒人買），但是，親愛的，我買了回去，不穿，不陳列，豈非成了一種出於憐憫的收容，任何故意的慈善行為都是我所未曾有的，別了，富蘭克林的靴子，富蘭克林就有這點悟性，把生活再過一遍的念頭人人有，人人不說，他說了，大家高興得就像真有機會把生活再過一遍地那樣高興……那個法國來的移民坐在石塊上似乎並不高興，羅丹認為這漢子在思想，雄健的中年人全身肌肉大緊張，腳趾牢牢扒住底座，誰在思想的當兒是這樣的呢，腦的活動，血液集中於頭部，全身肌肉倒是鬆弛下來，深度的沉思冥想，使人的四肢、面部，停止表情，純然是靈智的運轉，怎麼有這些筋骨皮肉的戲劇性出現呢，這個雕像安置在陽光直射的草地上又是一重錯誤，太陽是嫉妒思想的（思想也反過來厭憎太陽），陰霾的冬天，法國北海岸的荒村，紀德在寒風中等了一個下午，直到深夜，化用假名的王爾德終於酩酊歸舍，醉眼迷離中認出了安德列，奧斯卡大為動衷，說，「親愛的，你知道，思想產生在陰影裡……」——「什麼」，那雄健的男子打斷了王爾德的話，他下了座子，伸懶腰，兩臂舉得高高地劃了個弧形，「您說什麼」，我反問，「您在想什麼」，他笑，不失為粗獷的嫵媚，忽而呵欠散了笑容，他，「有什麼可想的」，我，「知道這裡是什麼地方嗎」，他，「誰知道呢，草地，房子，都是這樣的」，我撫及他的肩背，「體溫真高」，他，「冬天你來摸摸我看呢」，我，「好的，冬天再見」（那男子是高盧族的，入了美國籍，自己也不知道），冬天再見，法國北海岸荒村旅舍，夜深了，王爾德對年輕的朋友說，「親愛的，你知道，思想產生在陰影裡，太陽是嫉妒思想的，古代，思想在希臘，太陽便征服了希臘，現在思想在俄羅斯，太陽就將征服俄羅斯」，說這話的人死於一九〇〇年，他的那個「現在」距離我們已近一百年，俄羅斯的演變正如醉先知的預言，不愧稱藝術家者都不愧稱先知（藝術活動原本是先知行為），把這番話記錄成文的人後來親自去俄羅斯以身試太陽，目睹太陽是怎樣嫉妒思想而消滅思想的，這，不過是一則盡人皆知盡人皆歎的例子，泛舉開來，半個地球成了思想的廢墟焦土，古道熱腸的英國先知飲恨而逝之後的第十八年，德國的鐵血先知斯賓格勒寫了一本尖酸刻薄精當出色的書，《西方之衰落》，噫，西方之衰落早在博馬舍的嬉笑怒罵中已露不祥之兆，沉者沉浮者浮，沉者浮，浮者沉，悠悠忽忽到今天，那曾經是西方文化發源聖地的愛琴海島國，又成了現代悲劇現代喜劇的典範——希臘教育部任命一位神學家當某大學的哲學教授，該校校長為了抗議憤而辭職，此舉造成了希臘學術界的震撼，而柏拉圖講學的橄欖林已變成破舊的公園，最近可能闢為籃球場，希臘目前每年有五十多個哲學系畢業生，這些學生幾乎都坦然承認他們沒有讀過柏拉圖、亞里斯多德的原典，希臘教育主管機關和社會的整個兒趨向都認為要關心的是教育工具的充實，包括椅子桌子的添置修理等問題（希臘真不愧為「人類的永久教師」），這樣，就這樣，東半球這樣，西半球這樣，熱腸的先知和冷血的先知的預言說得沒有別人插嘴的餘地，然而旅遊事業的各大公司所發的廣告，無不盛稱世界各國風光旖旎，名勝古蹟燦爛輝煌，交通迅速，食品豐美，這些話都不是假的，遊客愈來愈多，羅馬車站可謂大矣，人潮洶湧，我將慘遭滅頂了，在千萬只背包提箱的狂瀾中奮力竄及「問詢處」，排了半天隊，所得者市內地圖一份，問旅舍之所在，回答，明天吧，今天全部客滿了，「My God」，久聞羅馬治安極差的大名，車站之夜，不勝恐怖，我只好花錢去把自己扔在酒店裡——西半球最熱門的旅遊國的遭遇如此，東半球的奇蹟允推幽燕之地的萬里長城，要領略莽莽蒼蒼的雄姿霸氣，除非是凌晨拂曉眾人皆睡之一刻，白天則密密麻麻爬滿了五顏六色的人，人是奇蹟？城是奇蹟？概念就此混沌，沒有吃的喝的，有也等於沒有，因為不堪入口，沒有方便之處，有也還是沒有的好，因為那裡尿糞氾濫惡臭沖天，而作為長城之要素的碩大秦磚，不斷被人拆去充作壘屋起灶之良材，報上呼籲了，無奈拆磚的人是三代不看報的——以人類的智商的平均數來衡量，無論何國何族，大可不必紊亂褻瀆成這樣的局勢局面，誠如訣別死者之後沉沉奄奄了幾個月終於生機漸萌飲食知味的人，或如經醫師同意並且祝賀緩緩步出病院滿目花葉茜明的人，這樣的人在這樣的時候，對他或她說，「為了使世界從殘暴汙穢荒漠轉為合理清淨興隆，請您獻出您的一莖頭髮」，我以為誰都願意做此犧牲的，然而不可發問，如果有誰發問，「一莖頭髮能拯救一個世界嗎」，完了，五十億莖不同色澤不同粗細長短曲直的頭髮頓時全部失效——這是（很早就是），一個高難度的講題，曾有人幾次嘗試發凡，單憑馬太馬可路加約翰的粗疏述說是無能闡明信念之不可言喻性的，何況耶穌是中途遭害，作為第一流大先知，他算是夭折，他還未及成熟，卻是已經知悉「見而信」這種意念是功利主義的，這樣的奉獻是為了報酬，二十世紀便是一手剛做奉獻另一手即取報酬的倥傯百年……那麼，「不見而信」

呢，耶穌再三感歎沒有人能懂得這個連他自己也拙於言詞困於表達的諦旨，他死之後，千年以還的瑣知碎識使人不自由自主地便佞狡黠起來，「見而信」也只著眼於急急乎功近近於利的物物交換，「不見而信」，那是，一，從前是持烏托邦論為有心人，現在是有心人必斥烏托邦，二，可曾記得審問耶穌的那一句「真理是什麼」，彼拉多一直問（他不需要得到答案），就這樣不停不停地一直問到二十世紀暮色蒼茫，還在問——啊，就這樣，所謂「見而信」是沒有用的，「不見而信」是做不到的尷尬狀況始終僵持著……我木立在講壇上不知下一個動作該如何，薄明的大廳闃無人影，及地的長窗外是海藍的天，大廳的底壁上安裝著威尼斯出品的橢圓巨鏡，黑的講壇竟是對鏡而設，我站著，只見上半身，從巨鏡中面臨整個寥廓的大廳，只能說，我將開始練習講演，德摩斯梯尼認為演說家最重要的才能是表情，表情（怎麼回事呢），善於知人心意的培根解釋道，「人的天性是愚昧多於智慧，而做作的表情則常能打動聽者的心」（原來是這樣），赫胥黎向我舉起一個手指，「要知道如何對待您的聽眾嗎，我可以把別人傳授給我的祕訣告訴你，記住，『他們一無所知』」，我辨味了片刻（然而凌駕人懾服人是最乏味的），德摩斯梯尼取了一把小石子來，也說，「把這些放放放進嘴裡，到到到海浪喧鬧的地地地方去大大大大聲練習」，我忍住了笑，把小石子還給他，「不用小石子也可以，我我我另有辦法」，說這話的是西塞羅，是我曾經欽佩的，他的口吃不很嚴重，「不要去去海濱，美國的加拿大的瀑布正正正可利用，你對著瀑布大大大聲講，比在哥倫比亞的空廳裡練習要容易收收收效得多」，這些年了，西塞羅還是只有這個使他自己成名的老法子——與諸大演說家周旋，才明白我原先的設想全錯了（或者全對了）：一，我做講演的地方必是靜的，遠處的瀑布海浪隱隱可聞，二，我的聽眾，各有所知，我講到中途，停止，便可請任何一位聽者上壇來持續下去，三，因此，聽眾都誤以為講稿是他給的，我在代他付出聲調，姿勢，乃至面部表情，四，或者，早曾聽過，已全忘卻，我講一句，他記起一句，卒至講完，他全部憶復，五，又或者，認為我既做了引言，他就不能不承擔正文的和盤托出，六，更或者，麥，水，鹽，啤酒花，都是他的，我是釀造師——如果有了這樣的聽眾，我便不再對鏡，隨即回身開講了，講題是「為了使世界從殘暴汙穢荒漠轉為合理清明興隆，請您獻出您的一莖頭髮」……大廳空著，闃無人影，聽眾怎會不來呢，那是因為，啊，那是由於我們對事物的取捨不像決定髭鬚的去留之容易，那是由於無可奈何才產生象徵，將來有誰會說「還是二十世紀有味」，就不必提前自作多情了，我們都難免有點像石階上的紙袋空罐，風能吹得動的便飄一會滾一會，記不清前幾天做什麼，此外，便是薄的學士，滑亮的碩士，人造纖維的博士，還不如把花瓣撒在頭上的好，認命不認輸就已經很不錯了，富蘭克林的靴子價格是幽默的，「重過生活」的願望並不幽默，怪只怪希臘神話中的「忘川」流出了神話，流入了現代都市的水管，而且太陽嫉妒思想，銅皮膚的思想者的體溫真高，破舊的公園就是拉斐爾畫過的雅典學院，意大利以羅馬治安極差著名，長城的磚被搬回家去壘屋砌灶，「見而信」則本來就是無濟於事，「不見而信」則愈來愈辦不到了——因此，大廳空著……每個時代眾說紛紜之後都是以幾個警句來作為鐘樓塔尖而留存的，本世紀遲遲不出塔尖，臨末，警句來了，「只有一個地球」，非常滑稽，這本該是哲學家政治家提的口號（老早可以含羞帶愧地捧出來了），結果卻呈現在七十年代瑞典斯德哥爾摩召開的國際環境會議所發的《人類環境宣言》裡，警報的意義是重大的，除了生態的外在的環境需要敲響一只鐘，不是還有別的鐘也長久不響了嗎，海德公園東北向的「自由論壇」這個大名鼎鼎的「演說角」的可悲的象徵性要到何月何年才成為可笑的記憶，演說家老是站在肥皂箱上，容易誤認為肥皂推銷員，現在已進化到自製輕便小講臺，蝸牛殼似的隨身背來背去，和平主義者，禁酒宣教師，女權論者，星相家，賽馬迷，登高一呼，自會有人圍攏來，打諢，調排，噓之詰之——正牌大牌的哲學家政治家不僅從勿光顧而且繞道好望角似的繞過演說角，然而繞不過地球，人也就是這些人，俏皮話和老實話要說明的是一個意思，「一切都要過去」……大廳，巨鏡，黑講壇，不見了，草坪，石階，全裸半裎的男女不見了，那是因為我自己已走到哈德遜河畔，風從樹枝間吹來，我透了口氣，搖搖頭髮（可不是嗎），沿河南下，有一平平小島，其上的自由女神正在接受大修理，明明是不修理不行了，自然界是存在和毀滅的循環，自然界是不事修理的，可不是嗎，這一帶草坡上的樹木蔥蘢得幾乎是森林了，綠影中傳來誦詩的男聲（我差點兒吃了一驚），他全身文藝復興時期的裝束打扮，另一個只穿短褲背心的女人羚羊似的環繞著他連連拍照（啊演員），他的髮型，髭式，高頸圍，窄袖，緊身褲，縛帶的長襪子，翻口的船鞋，無不是伊麗莎白朝的個人復辟，我與他相距十步，有四百年時差的縹緲感覺，使我駐足不忍離開，他則旁若無女人地一心朗誦，雙手做出幾許優雅的動作，間歇時，把手指併緊，很明顯地五指併緊，按在胸前，或腿上——這是十五十六世紀上流社會的習慣、風尚，以前我對此細節是忽略掉了（原來手指要併得這樣的緊），從而感慨自己對於以往的時代的情操和習尚是多麼荒疏無知，人類曾經像尊奉王者那樣地敬愛麵包師，而羅馬人之所以自豪，他們只要有演出和麵包，而法國人之所以比羅馬人更加自豪，他們只要演出不要麵包，而人類全都曾經像嚴謹的演員對待完整的劇場那樣對待生活（世界），田野裡有牧歌，宮廷內有商籟體，教堂中有管風琴的彌天大樂，市井的陽臺下有懦怯而熱狂的小夜曲，玫瑰花和月光每每代言了許多說不出口的話，海盜的三桅帆壯麗得幾乎使人忘了大禍臨頭，啤酒裝在臃腫的木桶裡滾來滾去，一襲新裝時髦三年有餘，外祖母個個會講迷人的故事，童話是一小半為孩子而寫一大半是為成人而寫，媽媽在燈下縫衣裳，寬了點，長了點（明年後年還好穿），白雪皚皚，聖誕老人從不失約，節日的前七天已經是節日了，然後是黑白灰的寄宿學校，透明的水彩畫，手拉手的圓舞曲，騎術劍術是必修課（第一次吸雪茄時又咳又笑），服役的傳令，初試軍裝急於對鏡，遠航歸來，埠頭霎時形成狂歡節，懷表發明之後，正面十二個羅馬字和長短針，打開背殼，一幀美麗的肖像，沉沉的百葉窗（縷射的日光中的小飛塵），拱形柱排列而成的長廊似乎就此通向天國，百合花水晶瓶之一邊是纖纖鯨脂白燭，鯨骨又做成了龐然的裙撐，音樂會的節目單一張也捨不得丟掉，人人都珍藏著數不清的從來不數的紀念品（日記本可以上鎖的），雕花木器使一個不大的房間擁有終生看不完的渦形曲線，交通煞費周章所以旅行是神聖的，綿綿的信都是上等的散文，火漆封印隨馬車絕塵而去，風磨轉著轉著，羊群低頭囓草，騎士挺槍而過，盔鎧縫裡汗水涔涔如小溪，劍客往往成三獨行俠又是英雄本色，雲雀叫了一整天，空地上晾著剛洗淨的桌布和褥單，小窗打開又關上又打開，兩拍子的進行曲，銅管樂隊走在大街上，早安，日安，一夜平安，父親對兒子說，「我的朋友，你一定要走，那麼願上帝保佑你」，少女跪下了，「好媽媽，原諒我吧」……對於書、提琴、調色板，與聖龕中的器皿一樣看待，對於鐘聲，能使任何喧譁息止，鐘聲在風中飛揚，該扣的紐子全扣上，等等我，請等等我，我就來……那時，很長很長的年代，政變，戰亂，天災，時疫，不斷發生，謠言，凶殺，監獄，斷頭臺，孤兒院，豺狼成性的流寇，跳蚤似的小偷，騙子巧舌如百靈鳥，放高利貸的都是洞裡蛇，惡棍洋洋得意，逆子死不改悔，蕩婦真不少，更多的是密探和叛徒——都有，不像歷史記載的那些些，還要數不勝數，那時候（那許多年代），人類的世界可以比喻為一只船，船長，大副二副，水手（小孩算是乘客），心裡知道此去的方向，人人寫航海日記，月復月年復年的進程確實慢得很，煩躁，焦灼（有人跳海了），船還是緩緩航行……這樣，就這樣駛入本世紀，快起來，快得多了，全速飛竄，船長大副二副水手不再寫日記，不看羅盤星象，心態是一致的——「管它呢」，誰知道從哪裡來到哪裡去——這不是「迷航」，是迷航則必要慌忙了，不慌不忙，那無疑是目標之忘卻方向之放棄，一次又一次的啟蒙運動的結果是整個兒蒙住了，「不知如何是好」是想知道如何才是好，「管它呢」是「他人」與「自我」俱滅，「過去」和「未來」在觀念上死去，然後漸盡無跡，不再像從前的人那樣恭恭敬敬地希望，正正堂堂地絕望，驕傲與謙遜都從骨髓中來，感恩和復仇皆不惜以死赴之，那時，當時，什麼都有貞操可言，那廣義的貞節操守似乎是與生俱來的天然默契，一塊餅的擘分，一盞酒的酬酢，一棵樹一條路的命名，一聲「您」和「你」的謹慎抉擇，處處在在唯恐有所過之或者有所不及，孩童，少年，成人，老者，都時常會忽然臊紅了臉……彷彿說，我第一次到世界上來，什麼都陌生，大家原諒啊——「我思故我在」的時代過完之後，來的竟是「我不思故我不在」的風氣潮流，二十世紀是豐富了，迅速了，安逸了，宇宙大得多了，然而這是個終於不見赧顏羞色的世紀，可不是嗎，我漫遊各國，所遇者盡是些天然練達的人，了無愧怍，足有城府，紅塵不看自破，再也勿會出現半絲赧顏半縷羞色了，心靈是塗蠟的，心靈是蠟做的，人口在激增，誰也不以為大都市的形式和結構是深重的錯誤，到博物館去，到藏書樓去，到音樂廳去，彷彿去掃墓，去參與追悼會，藝術家哲學家曾經情不自禁仁不他讓地以「酒神」命名，以「酒神節」來歡呼「精神之誕生」……麥子在悄悄發黴，葡萄一天天乾癟，「忘川」流出神話就混濁了一切水……我也只記得午睡醒來喝了咖啡，洗了澡刮了髭鬚，空手從水果鋪子出來，沒有在哥倫比亞大學中閱讀過任何一本單獨的書，想抽菸而走在草坪的小徑上，怕累贅而不買九角錢一雙的長統靴，我承認受到富蘭克林「重過一遍生活」的誘惑，承認那次講演是在排練中即告失敗的，踽踽行到哈德遜河邊，邂逅「文藝復興人」，五指併緊的古典款式使我聯想起逝去了的寒卻了的人類社會的無數可憐的細節，那麼，我想重過一遍的不是我個人的生活，那麼說「只有生活在一七八九年以前的人才懂得生活的甜蜜」的泰雷蘭德不能算是傻瓜，那麼現在真是一個不見赧顏羞色的世紀，那麼我眼前的一片水不是哈德遜河（什麼河呢），河水平明如鏡，對岸，各個時代，以建築輪廓的形象排列而聳峙著，前前後後參參差差凹凹凸凸以至重重疊疊，最遠才是勻淨無際涯的藍天……那疊疊重重的形象倒映在河水裡，凸凸凹凹差差參參後後前前，清晰如覆印，凝定不動……如果我端坐著的岸稱之為此岸，那麼望見的岸稱之為彼岸（反之亦然），這裡是納蕤思們芳蹤不到之處，凡是神祕的象徵的那些主義和主義者都已在彼岸的輪廓叢中，此岸空無所有，唯我有體溫兼呼吸，今天會發生什麼事，白晝比黑夜還靜（一定要發生什麼事了），空氣煦潤涼爽，空氣也凝定不動，漸漸我沒有體溫沒有呼吸，沒有心和肺，沒手也沒足（如果感到有牙齒，必是齲痛，如果覺得有耳朵，那是虛鳴），我健康正常，所以什麼都沒有，目不轉睛，直視著對岸參差重疊的輪廓前後凹凸地聳峙在藍天下……要發生的事發生了——對岸什麼都沒有，整片藍天直落地平線，勻淨無痕，近地平線紺藍化為淡紫，地是灰綠，岸是青綠，河水裡，前前後後參參差差凹凹凸凸重重疊疊的倒影清晰如故，凝定如故，像一幅倒掛的廣毯——人類歷代文化的倒影……前人的文化與生命同在，與生命相滲透的文化已隨生命的消失而消失，我們僅是得到了它們的倒影，如果我轉過身來，分開雙腿，然後彎腰低頭眺望河水，水中的映象便儼然是正相了——這又何能持久，我總得直起身來，滿臉赧顏羞色地接受這宿命的倒影，我也並非全然悲觀，如果不滿懷希望，那麼滿懷什麼呢……起風了，河面波瀲粼粼，倒影瀲灩而碎，這樣的溶溶漾漾也許更顯得澶漫悅目——如果風再大，就什麼都看不清了。

明天不散步了

上橫街買菸，即點一支，對面直路兩旁的矮樹已綴滿油亮的新葉，這邊的大樹枝條仍是灰褐的，諒來也密佈芽蕾，有待綻肥了才鬧綠意，想走過去，繼而回來了，到寓所門口，幡然厭惡室內的沉濁氛圍，戶外清鮮空氣是公共的，也是我的，慢跑一陣，在空氣中游泳，風就是浪，這瓊美卡區，以米德蘭為主道的岔路都有坡度，路邊是或寬或窄的草坪，許多獨立的小屋座落於樹叢中，樹很高了，各式的門和窗都嚴閉著，悄無聲息，除了潔淨，安謐，沒有別的意思，倘若誰來說，這些屋子，全沒人住，也不能反證他是在哄我，因為是下午，晚上窗子有燈光，便覺得裡面有人，如果孤居的老婦死了，燈亮著，死之前非熄燈不可嗎，她早已無力熄燈，這樣，每夜窗子明著，明三年五年，老婦不可憐，那燈可憐，幸虧物無知，否則世界更逼促紊亂，幸虧生活在無知之物的中間，有隱蔽之處，迴旋之地，憩息之所，落落大方地躲躲閃閃，一代代蹙眉竊笑到今天，我散步，昨天可不是散步，昨天豪雨，在曼哈頓縱橫如魔陣的街道上，與友人共一頂傘，我倆大，傘小，只夠保持頭髮不濕，去圖書館，上個月被罰款了，第一個發起這種辦法的人有多聰明，友人說，坐下看看嗎，我的鞋底定是裂了，襪子全是水，這樣兩隻腳，看什麼書，於是又走在街上，大雨中的紐約好像沒有紐約一樣，倫敦下大雨，也只有雨沒有倫敦，古代的平原，兩軍交鋒，旌旗招展，馬仰人翻……大雨來了，也就以雨為主，戰爭是次要的，就這樣我倆旁若無紐約地大聲說笑，還去注意銀行的鐵欄杆內不白不黃的花，狀如中國的一般秋菊，我嚷道，菊花開在樹上了，被大雨濯得好狼狽，我友也說，真是踉踉蹌蹌一樹花，是什麼木本花，我們人是很絮煩的，對於喜歡的和不喜歡的，都想得個名稱，面臨知其名稱的事物，是舒泰的，不計較的，如果看著聽著，不知其名稱，便有一種淡淡的窘，漠漠的歉意，幽幽的尷尬相，所以在異國異域，我不知笨了多少，好些植物未敢貿然相認，眼前那枝開滿朝天的紫朵的，應是辛夷，不算玉蘭木蘭，誰知美國人叫它什麼，而且花瓣比中國的辛夷小、薄，即使是槭樹、杜鵑花、鳶尾、水仙，稍有一分異樣，我的自信也軟弱了，哪天回中國，大半草木我都能直呼其名，如今知道能這樣是很愉快的，我的姓名其實不難發音，對於歐美人就需要練習，拼一遍，又一遍，笑了

——也是由於禮貌、教養、人文知識，使這樣世界處處出現淡淡的窘，漠漠的歉意，幽幽的尷尬相，和平的年代，諸國諸族的人都這樣相安居、相樂業、相往來……戰爭爆發了，人與人不再窘不再歉不再尷尬，所以戰爭是壞事，極壞的事，與戰爭相反的是音樂，到任何一個偏僻的國族，每聞音樂，尤其是童年時代就諳熟的音樂，便似迷航的風雨之夜，驀然靠著了故鄉的埠岸，有人在雨絲風片中等著我回家，公寓的地下室中有個打雜工的美國老漢，多次聽到他在吹口哨，全是海頓爸爸，莫札特小子，沒有一點山姆大叔味兒，我也吹了，他走上來聽，他奇怪中國人的口哨竟也是純純粹粹的維也納學派，這裡面有件什麼超乎音樂的亟待說明的重大懸案，人的哭聲、笑聲、呵欠、噴嚏，世界一致，在其間怎會形成二三十種盤根錯節的語系，動物們沒有足夠折騰的語言，顯得呆滯，時常鬱鬱寡歡，人類立了許多語言學校，也沉寂，悶悶不樂地走進走出，生命是什麼呢，生命是時時刻刻不知如何是好……我是常會迷路的，要去辦件事或赴個約，尤其容易迷路，夜已深，停車場那邊還站著個人，便快步近去，他說，給我一支菸，我告訴你怎樣走，我給了，心想，還很遠，難尋找，需要菸來助他思索，他吸了一口，又一口，指指方向，過兩個勃拉格就是了，我很高興，轉而賞味他的風趣，如果我自己明白過兩個街口便到，又知道這人非常想抽菸，於是上前，他以為我要問路，我呢，道聲晚安，給他一支菸，為之點火，回身走了，那就很好，這種事是永遠做不成的，猜匆著別人是否正處於沒有菸而極想抽菸的當兒，而且散步初始時的清鮮空氣中的游泳感就沒有了，一陣明顯的風，吹來旎旎馣馣的花香，環顧四周，不見有成群的花，未知從何得來，人和犬一樣，將往事貯存在嗅覺訊息中，神速引回學生時代的春天，那條殖民地的小街，不斷有花鋪、書店、唱片行、餐館、咖啡吧，法蘭西的租界，住家和營商的多半是猶太人，卻又弄成似是而非的巴黎風，卻也是白俄羅斯人酗酒行乞之地，書店安靜，唱片行響著，番茄沙司加熱後的氣味溜出餐館，煮咖啡則把一半精華免費送給過路客了，而花鋪的馝馞濃香最會泛濫到街上來，晴暖的午後，尤其鬱鬱菲菲眾香發越，陽光必須透過樹叢，小街一段明一段暗，偶值已告觖絕的戀人對面行來，先瞥見者先低了頭，學院離小街不遠，同學中的勁敵出沒於書店酒吧，大家不聲不響地滿懷凌雲壯志，喝幾杯櫻桃白蘭地，更加為自己的偉大前程而傷心透頂了，誰會有心去同情潦倒街角的白俄羅斯曠夫怨婦，誰也料不到後來的命運可能赧然與彼相似，陣陣泛溢到街上來最可辨識的是康乃馨和鈴蘭的清甜馥馤，美國的康乃馨只剩點微茫的草氣，這裡小徑石級邊不時植有鈴蘭，試屈一膝，俯身密嗅，全無香息，豈非啞巴、瞎子，鈴蘭又叫風信子，百合科，葉細長，自地下鱗莖出，叢生，中央挺軸開花如小鈴，六裂，總狀花序，青、紫、粉紅，何其緊俏芬芳的花，怎麼這裡的風信子都白癡似的，所以我又懷疑自己看錯花了，不是常會看錯人嗎？總又是看錯了，假如哪一天回中國去，重見鈴蘭即風信子，我柔馴地凝視，俯聞，凝視，會想起美國有一種花，極像的，就是不香，剛才的一陣風也只是機遇，不再了，三年制專修科我讀了兩年半，告別學院等於告別那小街，我們都是不告而別的，三十年後殖民地形式已普遍過時，法蘭西人、猶太人、白俄羅斯人都不見了，不見那條街，學院也沒有，問來問去，才說那灰色的龐然的冷藏倉庫便是學院舊址，為什麼這樣呢，街怎會消失呢，巡迴五條都無一彷彿，不是已經夠傻了，站在這裡等再有風吹來花香，仍然是這種傻……起步，雖然沒有人，很少人，凡是出現的都走得很快，我慢了就顯出是個散步者，散步本非不良行為，然而一介男士，也不牽條狗，下午，快傍晚了，在春天的小徑上彳亍，似乎很可恥，這世界已經是，已經是無人管你非議你，也像有人管著你非議著你一樣的了，有些城市自由居民會遁到森林、冰地去，大概就是想擺脫此種冥然受控制的惡劣感覺，去盡所有身外的羈絆，還是困在自己靈敏得木然發怔的感覺裡，草葉的香味起來了，先以為是頭上的樹葉散發的，轉眼看出這片草地剛用過割草機，那麼多斷莖，當然足夠形成涼澀的沁胸的清香，是草群大受殘傷的綠的血腥啊……暮色在前，散步就這樣了，我們這種人類早已不能整日整夜在戶外存活，工作在桌上，睡眠在床上，生育戀愛死亡都必須有屋子，瓊美卡區的屋子都有點童話趣味，介乎貴族傳奇與平民幻想之間，小布爾喬亞的故事性，貴族下墜摔破了華麗，平民上攀遺棄了樸素，一幢幢都弄成了這樣，在幼年的彩色課外讀物中見過它們，手工勞作課上用紙板糨糊搭起來的就是它們的雛形，幾次散步，一一評價過了，少數幾幢，將直線斜線弧線用出效應來，材料的質感和表面塗層的色感，多數是錯誤的，就此一直錯誤著，似乎是叫人看其錯誤，那造對了造好了的屋子，算是為它高興吧，也擔心裡面住的會不會是很笨很醜的幾個人，兼而擔心那錯誤的屋子裡住著聰明美麗的一家，所以教堂中走出神父，寺院台階上站著僧侶，就免於此種形式上的憂慮，紀念碑則難免市儈氣，紀念碑不過是說明人的記憶力差到極點了，最好的是塔，實心的塔，只供眺望，也有空心的塔，構著梯級，可供登臨極目，也不許人居住，塔里冒出炊煙晾出衣裳，會引起人們大嘩大不安，又有什麼真意含在裡面而忘卻了，高高的有尖頂的塔，起造者自有命題，新落成的塔，眾人圍著仰著，紛紛議論其含義，其聲如潮，潮平而退，從此一年年模糊其命題，塔角的風鐸跌落，沒有人再安裝上去，春華秋實，塔只是塔，徒然地必然地矗立著，東南亞的塔群是對塔的誤解、辱沒，不可歌不可泣的宿命的孤獨才是塔的存在感，瓊美卡一帶的屋子不是孤獨的，明哲地保持人道的距離，小布爾喬亞不可或缺的矜持，水泥做的天鵝，油漆一新的提燈侏儒，某博士的木牌，車房這邊加個籃球架，生息在屋子裡的人我永遠不會全部認識，這些屋子漸漸熟稔，瓊美卡四季景色的更換形成我不同性質的散步，回來時，走錯了一段路，因為不再是散步的意思了，兩點之間不取最捷近的線，應算是走錯的，幸虧物無知，物無語，否則歸途上難免被這些屋子和草木嘲謔了，一個散步也會迷路的人，我明知生命是什麼，是時時刻刻不知如何是好，所以聽憑風裡飄來花香泛溢的街，習慣於眺望命題模糊的塔，在一頂小傘下大聲諷評雨中的戰場——任何事物，當它失去第一重意義時，便有第二重意義顯出來，時常覺得是第二重意義更容易由我靠近，與我適合，猶如墓碑上倚著一輛童車，熱麵包壓著三頁遺囑，以致晴美的下午也就此散步在第二重意義中而儼然迷路了，我別無逸樂，每當稍有逸樂，哀愁爭先而起，哀愁是什麼呢，要是知道哀愁是什麼，就不哀愁了——生活是什麼呢，生活是這樣的，有些事情還沒有做，一定要做的……另有些事做了，沒有做好。明天不散步了。

下輯

上海賦

本篇的最初一念是，想到「賦」這個文體已廢棄長久了。「三都」「二京」當時算是「城市文學」。上海似乎也值得賦它一賦。

古人作賦，開合雍容，華瞻精緻得很，因為他們是當作大規模的「詩」來寫的（「賦者，古詩之流也」），輪到我覲覦這個文體，就弄得輕佻刻薄，插科打諢，大失忠厚之至的詩道。再者，太沖、平子二位先賢，都曾花了十年工夫從事，門庭藩溷皆置筆紙，現成的資料想必多得用不完，我卻托人覓一張上海的舊地圖也千難萬難，只憑一己風中殘燭般的記憶，寫來實在上下勿著把，左右不逢源。原擬的九個章目，擇了其二其三，以「從前的上海人」為題，沒頭沒尾地發表了，當然不成其為賦，據說讀者都心癢，不滿足。那已是去年秋天的疚歉事。現將另外的四個章目敷衍出來，與已闌珊，不復有「三都」、「二京」、「一市」的聯想了，之所以還要以「賦」為名，意在反諷。這樣糟的糕，竟敢鄰比「古詩之流」——讀者在嘲笑作者太無自知之明時，就放鬆了更值得嘲笑的從前的上海人。

從前的從前

大約廿世紀二十年代初到四十年代末，上海顯現了畸形的繁華，過來之人津津樂道，道及自身的風流韻事，別家的鬼蜮伎倆——好一個不義而富且貴的大都會，營營擾擾顛倒晝夜。豪奢潑辣刁鑽精乖的海派進化論者，以為軟紅十丈適者生存，上海這筆厚黑糊塗帳神鬼難清。詎料星移物換很快就收拾殆盡，魂銷骨蝕龍藏虎臥的上海過去了，哪些本是活該的，哪些本不是活該的；誰說得中肯，中什麼肯，說中了肯又有誰聽？因為，過去了呀。

尤其在海外，隔著暫時太平的太平洋，老輩的上海人不提起上海倒也罷了，一提起「迪昔辰光格上海呀」，好比撬破了芝麻門，珠光寶氣就此衝出來，十里洋場城開不夜，東方巴黎冒險家的樂園，直使小輩的上海人憾歎無緣親預其盛。尚有不少曾在上海度過童年的目前的中年者，怪只怪當時年紀小，明明衣食住行在上海，卻撲朔迷離，記憶不到要害處，想沾沾自喜而沾沾不起來。這批副牌的上海人最樂於為正牌的上海人作旁證，證給不知

「迪昔辰光格上海呀」為何物的年輕人聽，以示比老輩不足比小輩有餘。其實老輩的眷戀感喟，多半是反了向的理想主義，朝後看的夢遊症。要知申江舊事已入海市蜃樓，盡可按私心的好惡親仇的偏見去追摹。傳奇色彩鋪陳得愈濃，愈表明說者乃從傳奇中來，而那些副牌雜牌的上海人的想當然聽當然，只不過冀圖晉身「上海人」的正式排檔耳。

「上海」！一望而知這塊地方與海有著特殊因緣，叫起來響亮爽脆，感覺上又摩登別緻，其實是宋代人不加推敲地取了這個毫無吉慶寓意的乏名。宋代的上海起先是一個小鎮，到後來才升為縣，清季把上海歸屬松江府。道光三十三年中英《江寧條約》的訂立，不論厄運好運，上海是轉運了，從茲風起雲湧蔚為商埠，前程一天比一天更未可限量。此丕變，以出現英、法等國的租界為徵候為標幟。西方遠來的冒險家並不冒多少險，以經營地產為發財捷徑這是明的白的，那暗的黑的致富之道便是私販「洋藥」鴉片。反正「鴉片戰爭」的結果是開「不平等條約」之端，所謂「五口通商」的其他四口，自然不及上海的得地理之優越。市境處於黃浦江與吳淞江的合流點，扼長江門戶；東向出駛，近可達沿海諸埠，遠通東洋南洋西洋各國；西入長江，沿江省會襟帶衣連；是故當初京滬、滬杭甬、淞滬等鐵路之興建，皆以上海為起點。現下健在於海內外的「老上海」們，大抵記得租界浪向燈紅酒綠紙醉金迷邪氣好白相，也許忘了一九二七年的上海還只算是特別市，到一九三〇年才直轄當時的行政院，重新勘定市界，把原有的十七個市鄉概名為區。其中的特別區，便是英美合稱的公共租界及法租界。從黃浦江外灘起，由公共租界的大馬路和法租界的法大馬路，下去下去卒達靜安寺區長約十里，就是口口聲聲的十里洋場，或十里夷場十里彝場——翻翻這點乏味的老帳，無非說，上海與巴黎、倫敦這些承擔歷史淵源的大都會是不同類的。老帳如果索性翻到戰國時代，楚相黃歇請封江東是獻了淮北十二縣做交換，當然算得有頭腦、識時務，而江東的政治中心卻定在蘇州。春秋後期，東南沿海已藉水路發展商業，上海北面有水道叫滬瀆。瀆是通海的意思。黃歇浚了一條黃歇浦（黃浦江），又修了一條通闔閭的內河（蘇州河），可奈三千食客中的珠履份子沒有造外洋輪船的工程師，春申君到底未能出國訪問對外貿易。

兩漢、魏晉南北朝，上海平平過，曾泛稱為海鹽縣、婁縣，唐代改稱華亭縣，雖設置船舶堤岸司、榷貨場，但還只是「上海鎮」。宋熙寧年間，此鎮尚屬華亭縣，南宋的瞿忠、王士迪輩之所以在上海占籍生根，著眼於上海物價比杭州便宜，本人還是去臨安做官的。元朝短，鐵騎蹂躪，上海反見蕭條。明嘉靖之重視上海，那是為了築城禦倭寇。清初因鄭成功、張煌言的沿海活動，上海「海禁」了。康熙解禁，上海復甦；康熙崩，雍正又把上海封閉——翻翻這點更寒酸的「流年不佳」的老帳，意思是「上海」從來沒有出過大事物大人物，就算明朝萬曆年間的徐光啟還像樣吧——總之近世的這番半殖民地的羅曼蒂克，是暴發的、病態的、魔性的。西方強權主義在亞洲的節外生枝，枝大於節。從前的上海喲，東方一枝直徑十里的惡之華，招展三十年也還是歷史的曇花。

繁華巔峰期

整四年，上海畸形繁華的巔峰期是整整四年，已過去半個世紀。一九三七年秋末，日軍在杭州灣登陸，租界之外的上海地區全部淪陷，租界有了新名稱：「孤島」。「八一三」抗戰爆發後，不僅蘇州河以北的居民倉皇避入租界，上海周圍許多城市的中產者，及外省的財主殷戶富吏，紛紛舉家投奔租界，好像趕國難狂歡節，人口從一百萬猛增到四百萬。外國人非但不走，反而向西方呼朋引類，聯手利用租界當局的所謂中立政策，使「冒險家的樂園」加倍險了別人樂了自己。英美金融資本通過匯豐、麥加利、花旗三大銀行，穩穩控制著上海的經濟樞紐，歐美各國商品充斥上海市場，很多公司店鋪純賣舶來品，所以上海人一向對國際名牌精品背誦如流，藉此較量身分之高低。蘇聯的大輪船彩旗招展在黃浦江口，好萊塢影片與莫斯科影片同時開映，這邊桃樂賽摩娜巧笑，那邊夏伯陽怒目，國際間諜高手雲集，誰也不放過遠東最急劇的情報漩渦。法西斯德國特派大師級女宣傳家專駐上海，美、英、法、意、蘇聯都在上海精密設置間諜中心，《大美晚報》、《泰晤士報》、《密勒士評論》、《二十世紀》、《總彙報》、《時代》、《每日戰訊》，這些英文、法文、俄文、中文、日文的報刊佈滿上海街頭，報童喊來琅琅上口琅琅換口。廣播電臺更是直截了當，英國電臺、蘇聯電臺、德國電臺，用中、英、俄、德、法、日等語搶報新聞，宣傳戰空前白熱化。上海的商業性電臺在夾縫中自管自出花頭，忽而蓬拆蓬拆郎呀妹呀「香檳嗯酒氣滿場呀飛」，忽而銅磬木魚「救苦救難廣大靈感白衣觀世音菩薩」，梵音和靡靡之音無非為了做生意。

尚須回顧抗戰前的那幾年。中國江南得天時之美，莊稼及農副業收成普遍豐饒，而上海確鑿在工業生產和市場消費的有機關係上，已形成系統頗見氣候，加之各地湧來數以百萬計的人口中，不乏挾鉅資以爭雄長的俊傑，中產者也橫心潑膽，狠求發展，小產、無產的活動份子，個個咬牙切齒四出拚搏，有不可窮盡之精力——新的工廠、商店、旅館、酒家、遊樂場、大廈、公寓、小洋房，這邊破土動工，那邊落成剪綵，愈造愈摩登漂亮。租界四陬本來是黑暗冷清的，際此高樓林立萬家燈火，都市迅速膨脹，還是容納不了瘋狂湧來的人潮。大房東、二房東，三房東，即使是房客也招收單身寄宿者，甚至一個無窗無門的小角落，白天是小趙的窩，夜裡是老沈的巢。租費的昂貴不足為奇，奇的是「頂費」，頂費者既非信用押金，亦不是預付租款，完全是敲詐性的索取，而且必須一次付以足赤的金條，當時叫「條子」，租賃談判叫「講條子」。大房東先伸手，二房東向三房東伸手，三房東向房客伸手，房客向「大上海」伸手，金條亂飛，不舍晝夜，從一九三七年到一九四一年，只要在租界上頂到一個店面、一支電話，無不財源滾滾心寬體胖。然而若要成為「真正上海人」，就大有講究，一「牌頭」、二「派頭」、三「噱頭」（又稱「苗頭」）。「牌頭」是指靠山，亦即後臺，當時說法是「背景」。總之得有軍政要員、幫會魁首、實業大王、外國老闆，撐你的腰，即使沾一兩分裙帶風，斜角皮帶風，也夠牌頭硬了。君不見客廳的最顯眼處掛著一幀大大的玉照——「XX仁棣惠存XXX持贈」，這便相當於「姜太公在此百無禁忌」。再說「派頭」，原是人生舞臺的服裝和演技，要在上海灘浪混出名堂來，第一是衣著華貴大方，談吐該莊時必莊，宜諧時立諧，更要緊的是莊諧雜作，使人吃不准你的路數，占不了你的上風，你就自然占了他的上風。交際手段玲瓏闊綽，用對方的錢來闊綽給對方看，「小魚釣大魚」，那小魚很大，大到使人不疑忌是誘餌。於是大魚上鉤，也有大魚假裝上鉤，一翻身將漁夫吞進肚裡。空論無據，且舉一二實例：某甲上古玩市場，瞥見其友乙正要付款買翡翠項鍊，他上前開口：

「啥格末事啊，娘我看看叫！」（什麼東西，讓我瞧瞧！）

說著便把項鍊拿過來，問了價錢，掏出皮夾：

「好格好格，我也付一半鈔票。」

乙當然少付了一半，項鍊呢，甲說：

「擺勒儂老兄手裡，賣勿到杜價鈿格，我來搭儂出貨，賣脫子大家對開。快來西格，勿要極。」（放在你老兄手裡，賣不到大價錢的，我來幫你銷售，賣了對半分。很快的，不用急）

乙倒呆了，甲說：

「哪能，儂勿相信我呀？」（怎麼，你不相信我呀？）

只好相信。後來的結果，即使不是上海人也能推想得出來——此小焉者，只夠點明上海人玩手段的派頭，自有一種行雲流水之妙。試再舉例：當年虞洽卿獲悉宮廷寵臣到上海來採辦一票洋貨，巨額驚人，無奈誰也通不進內線，他便候機會趁大佬官巡幸在路上時，「不巧」撞傷其馬車，然後登門道歉請罪，然後賠償一輛格外精良時髦的新馬車，然後奉重贄設盛宴，然後大佬官談起那票洋貨，虞洽卿義不容辭，當差效勞，從中獲利無算，而全部過程實在英豪慷慨派頭十足。這種模式是上海大亨的看家本領，世襲法寶，後來的杜月笙也精於此道，多次用到當時的國家臺柱身上去，一貫富而慳吝的黃金榮亦頗知及時大處著眼講派頭，小處則每次上澡堂都要在門口撒銀元，引眾起哄，「黃老闆財神爺」。那年代伶界領袖也都以「老板」作尊稱，電臺中報導：梅蘭芳老板，麒麟童老板。金少山則確鑿善裝老板派頭——至此豈非已從「派頭」詠入「噱頭」了？「噱」，在漢書中是大笑的意思，口腔之上下亦謂之「噱」，但上海話的「噱」的含義是不妙而微妙的，貶中有褒，似褒實貶，上海的官場、商場、文場、情場、戲場、賭場、跳舞場、跑馬場、跑狗場，無處不是噱頭世界。如說「牌頭」、「派頭」實為「噱頭」之先導，豈非亦屬於「噱頭」範疇麼。上海黑社會以層次複雜冠絕全球，紳士風度翩翩的鍍金博士，他是拜了「老頭子」的；相幫推車登橋，討幾個小錢的癟三，他是有上司「爺叔」的；每條路每條弄堂都由黑諸侯割據著，而聽令於黑天子。如此則紳士——老頭子，癟三——爺叔，黑諸侯——黑天子，其間的利害為用，全憑噱頭之高低。印證在數百萬市民的日常生活運作中，就是陳家噱周家、周家噱陳家、陳先生噱陳太太、周少奶奶噱周少爺、父母噱兒女、外甥噱娘舅。票房價值最高的滑稽戲，廣告：「噱天噱地」、「噱倒一家門」。巧言令色是噱功好，貌似忠厚是噱功更好，三十六計七十二變，上海人一字以蔽之：「噱」。罵年輕人「小滑頭」，他不生氣，抖抖單腿很得意，因為承認他能耐超群，人家上他的當，他不上人家的當。罵年長者「老滑頭」，他不見怪，摘下眼鏡，哈了哈，揩揩再戴上，笑眯眯，因為這是在恭維他足智多謀，果斷脫略，處世術爐火純青——「噱」有陰陽之分，陰噱的段數高於陽噱，從前的上海人的生活概念，是噱與被噱的宿命存在，是陽噱陰噱的相生相剋，陰噱固然歹毒叵測，而一旦遇上牌頭硬的，堂而皇之噱過來，儂擋得牢哦。

上海的畸形繁華巔峰期，工業成型，商業成網，消費娛樂業成景觀，文化教育馬馬虎虎，學校以營利為目的，故稱「學店」、「野雞學堂」，世風日下日下又日下，亂世男女冥冥之中似乎都知道春夢不長。既是糜爛頹唐煙雲過眼，又是勾心鬥角錙銖必爭，形成了「牌頭」、「派頭」、「噱頭」三寶齊放的全盛時代，外省外市的佼佼者一到上海，無不驚歎十里洋場真個地靈人傑道高魔高。那繁華是萬花筒裡的繁華，由「牌頭」、「派頭」、「噱頭」三面幻鏡折射出來，有限的實質成了無限的勢焰，任你巨奸大猾也不免眼花撩亂。強中還有強中手，此山更比那山高，棉紗大王、水泥大王、瓜子大王、梨膏糖大王，什麼都有王；糧霸、水霸、菸霸、糞霸，處處可稱霸。即使馬路邊上叫賣西貝貨的歪帽子老兄（西貝，賈，賈通假），若問：「人家上當只上你一次？」那老兄答：「每個人上我一次當，我也吃勿光用勿光哉！」這種江湖乾坤的精明圓通，上海人大抵心裡有數無師自通。然後，「時代的巨輪滾滾向前」，牌頭派頭噱頭都屬轢碎揚棄之例——一個大都會，一宗觀念形態的淵藪，它的集體潛意識的沉澱保留期相當長。希臘羅馬凋零敗落如此之久了，現今的希臘人羅馬人脾氣還很大，肝火說旺就旺。是則要上海人免於牌頭派頭噱頭的折騰，還遠得不知所云哩。而且，作為上海人而不講牌頭派頭噱頭，未知更有什麼可講的。

這一切泥沙魚龍聲色犬馬的詭譎傳奇，都是以十里洋場為背景的——三十年代上海的國際公共租界、主政工部局的是英國人，而美日等方自亦參預權利，機關職員有華籍、日籍、印度籍，還有白俄。法租界的面積和勢力也不小，況且地區好，文化高，每與公共租界的當局起爭執。

一九四三年英美政府放棄了在中國的全部租借權，二次大戰結束，租界歸還中國，此後的四年，氣數是衰了，上海人仍然生活在租界模式的殘影餘波中。怎麼說呢，別的不說，單說英國在上海的投資，一九四九年尚高達三億英鎊。

無何英國人回英國，法國人回法國，美國水兵胡鬧了一陣也回美國了，日本人一敗塗地，摔碎碗盤回日本了，白俄走了（去加拿大、澳大利亞），猶太人走了（去美國、以色列、巴西）……外灘的百老滙大廈、沙遜大廈、滙豐銀行……呆立不動，等待易名改姓。譬如那號稱擁有世界上第一長吧臺的 Shanghai Club，後來叫做海員俱樂部。

弄堂風光

先找一二以資「比較」者，而後從前的上海弄堂的特色或能言而喻之。

北京的胡同，最初的感覺是兩邊垣牆之矮，令人頓悟武俠的飛簷走壁不可不信可以全信，腳下的泥路晴久了就鬆散如粉，下雨，爛作長長的沼澤，而矮牆多年不刷石灰，病懨懨地連過去連過去，連過去。門，像是開著，像是閂著，從隙間望進去，枯索的四合院之類，有槐、榆，等等，樹大者，裡面就以樹為主似的。復前行，垣牆恬不知矮地連過去連過去，門了，再過去直角拐彎，還是泥牆……出現磚面的牆，磚的青灰色使人透口氣，分明一對石獅，兩扇紅漆的門，門和獅都太小，反而起了寒磣之感。北京的「胡同」是寂寞的，西風殘照也沒有漢家氣象了。杭州的「巷」呢，也早與油壁香車遺簪墜珥的武林韻事不相干，兩堵牆墉凜凜對峙，巷子實際是窄的，看起來就更窄，牆之所以高，為了防火，故稱封火牆，恐怕也是為了防盜賊，因而歷代堅持不開窗，只有門，似乎萬不得已才開這個門，開了就緊緊關起來，多數是兩道的。每條巷概是白灰黑色調，清虛成鬱悶，行到巷與巷的交接處，有井，石欄光滑的井，周圍算是公用之地，婦人們蹲著傴著淘米淨菜，幾棵瘦伶仃的樹……杭州的巷，走著走著，不見得就是明心見性，卻是懶洋洋渴望睡午覺，其實高牆裡面有的是妯娌爭風、姑嫂慪氣、兄弟奪產、婆媳鬥智——牆白著，門黑著，瓦灰著，巷子安靜著。

上海的弄堂來了，發酵的人間世，骯髒，囂騷，望之黝黑而蠕動，森然無盡頭。這裡那裡的小便池，斑駁的牆上貼滿性病特效藥的廣告，垃圾箱滿了，垃圾倒在兩邊，陰溝泛著穢泡，群蠅亂飛，窪處積水映見弄頂的狹長青天。又是晾出無數的內衣外衫，一樓一群密密層層，弄堂把風逼緊了，吹得它們獵獵價響。參差而緊挨的牆面盡可能地開窗，大小高低是洞就是窗，黯色的布簾被風吸出來又颭進去。收音機十足嘹亮，「一馬離了西涼啊界唉……青嗯的山唉，綠的水噯噯……」另一只收音機認為「桃嘸花江是美唉人窩，桃嘸花啊千唿萬唉萬朵喔喔喔，比不上美唉人嗯嗯嗯多」。老嫗們端然坐定在竹椅上，好像與竹椅生來就是一體，剝蠶豆，以蔥油炒之，折紙錠錫箔，祖宗忌辰焚化之，西娘家桃花缸收音機都是這樣的。小孩的運動場賭場戰場也就在於此，腳下是坎坷濕漉的一條地，頭上是支離破碎的一縷天，小鬼們鬧得天翻地覆也就有限，而且棚簷下的鳥籠裡的畫眉、八哥婉轉地叫，黃包車拉進來了，不讓路不行。拉車的滿口好話，坐在車上的木然泰然，根本與己無關，車子顛顛頓頓過去，弄堂的那邊也在讓路了，這邊的老嫗小孩各歸原位，都記得剛才是占著什麼地盤的。民國初年造起來的弄堂倒並非如此，那是江南的普通家宅，石庫門、天井、客堂、廂房，灶間在後，臥室上樓，再則假三層，勉強加上去，甚而再勉勉強強構做四層，還添個平頂。不知何年何月何家發難，前門不走走後門，似乎是一項文明進步，外省人按路名門牌找對了，滿頭大汗地再三叩關，裡面毫無反應，走動在附近的人視若無睹，碰巧看那個長者經過，向你撅撅嘴，意思是繞到後面去。上海人特別善於「簡練」，對方當然也要善於領會才好，這一撅嘴是連著頭的微轉，足夠示明方向方位了，但外地來客哪有這份慧能，仍處於四顧茫然中，長者卻已噙著牙籤悠悠踱去，落難者再奮起敲門，帶著哭音地叫，「三阿姨喲」，「大伯伯啊」。近處的閒人中之某個嫌煩了，戟手指點，索性引導到後門口。入目的是條黑暗的小甬道，一邊是極窄極陡的木樓梯，一邊是油煙襲人的廚房，身影幢幢，水聲濺濺，燒的燒洗的洗切的切，因為是幾家合用的呀，從早到晚從黃昏到夤夜，上海弄堂的廚房裡蠢蠢然施施然活動不止……為什麼死要面子的上海人甘願封閉前門而不惜暴露「生活」的「後臺」呢，那是人口爆炸的趨勢所使然，天井上空搭了頂棚，客堂裡攔道板壁，都成了起居室，不然就招租，一間即一戶人家，進出概走後門，後弄堂相應興旺起來。稍有異事，傾弄聚觀，如沸如撼半天半天不能平息，夾忙中金嗓子開腔了：「糞車是我們的報曉噢雞，多少的聲音都被它喚曖起，前門叫賣唉菜哴，後門叫賣唉米……」上海市民們聽了認為很中肯，日日所聞所見的尋常事，虧她清清爽爽唱出來。大都會的「文明」只在西區，花園洋房，高尚公寓，法國夜總會，林中別墅，俱樂部，精緻豪奢直追歐美第一流。而南、北、東三區及中區的部分，大多數人家沒有煤氣，沒有冰箱，沒有浴缸抽水馬桶，每當天色微明，糞車隆隆而來，車身塗滿柏油，狀如巨大的黑棺材，有一張公差型的闊臉的執役者揚聲高喊：「咦㖸……」因為天天如此，這個特別的吆喝除了召喚及時倒糞，不致做其他想。於是各層樓中的張師母李太太趙阿姨王家姆媽歐陽小姐朱老先生，個個一手把住樓梯的扶欄，一手拎著沉重的便桶，四樓三樓二樓地下來，這種驚險的事全年三百六十五次天天逢凶化吉，真是「到底上海人」。而金嗓子把糞車唱成「報曉雞」，小市民未必都能領情這份詩意，惡臭沖天的糞車隆隆而去，賣米的鄉下人果然來哉，上好的粳米，色白粒大，故稱「杜米」，滬語「大」作「杜」音，更有「香粳米」，煮熟後異香撲鼻，尤佳者是浙江蕩田的「碧粳」，晶瑩如玉而微透翠綠，別緻的是吳江的「血糯」，紫紅的糯米，糯得你沒有話說。賣菜者也各有標榜：「南潯大頭菜」、「無錫茭白」、「高郵鹹蛋」、「蕭山大種雞」、「嘉興南湖菱」、「十家香毛豆莢」，討價還會，兵法原理大抵都用得上，誰買到了又好又便宜的東西，全弄堂為之豔羨，而且尊敬。「合算」，滬音「格算」，上海人在「格算，不格算」中耗盡畢生聰明才智，這就不是金嗓子所能唱得清楚了，所以周璇的抒情一轉轉為指控：「雙腳亂跳是二房東的小噢弟依弟」，想必是樓板縫裡下來的灰塵落在泡飯碗裡了，「哭聲震天是三層樓上的小噢東嗡西」，「小東西」可能是個無事生非的壞女孩，一吃虧就號啕不止。至此，金嗓子有點疲倦，苦笑：「只有那賣報的呼聲，比較噢有書卷氣……」報紙即使是「號外」紅印，也總是凶多吉少，周璇自作聰明言過其實，但這支電影插曲還算是從前的寫實主義，最後，電影中的女主角表示：「這樣的生嗯活，我實在有點兒過得膩。」這就很不真實，上海人從來不會感歎日子膩，張愛玲慣用的辭彙中有一個「興興轟轟」，乃是江蘇浙江地域的口頭語，在中國沒有比「上海人」更「興興轟轟」的了。從前上海報紙的本市新聞多的是「自殺」消息，男則壯志未酬女則香消玉殞，吞金、吞鴉片、吞來沙爾，這些決定告別上海的上海人，並非像周璇小姐所詠歎的「生活過得膩」，而是想興興轟轟實在興轟不下去，才一了百了。如果灌腸洗胃救轉來，養息十天半月，又會上理髮店「做頭髮」，然後開箱子抖出樟腦味的衣衫，然後再投入整個兒的興興轟轟之中，不是天無絕人之路而是當時的路還沒有真絕。從前的上海呀，迪昔辰光格上海灘浪呀，「大魚吃小魚，小魚吃蝦米」。另一句也對，「魚有魚路，蝦有蝦路」，上海人，平日魚蝦吃得多，所以喜歡以魚蝦來自喻、喻他。弄堂角底的垃圾箱積滿了魚骨蝦殼，灼熱的煤球灰倒上去，腥臭隨風四散，背簍筐的撿破爛者向垃圾箱一步步走近，蓬首垢臉，神色麻木而虔誠……

上海的弄堂，條數巨萬，縱的橫的斜的曲的，如入迷魂陣。每屆盛夏，溽暑蒸騰，大半個都市籠在昏赤的炎霧中，傍晚日光西射，建築物構成陰帶，屋裡的人都蟛蜞出洞那樣地坐臥在弄堂裡，精明者悄然占了風口，一般就株守在自家門前。屋裡高溫如火爐烤箱，凳子燙得坐不上，蠟燭融彎而折倒，熱煞了熱煞了，籐椅、竹榻、帆布床、小板凳，擺得弄堂難於通行，路人卻又川流不息。納涼的芸芸眾生時而西瓜、時而涼粉、時而大麥茶綠豆粥、蓮子百合紅棗湯，暗中又有一層比富炫闊的心態，真富真闊早就廬山莫干山避暑去了，然而上海人始終在比下有餘中忘了比上不足。老太婆，每有衣履端正者，輕搖羽扇，慢聲叫孫女兒把銀耳羹拿出來，要加冰糖，當心倒翻；老頭子，上穿一百二十支麻紗的細潔汗衫，下繫水灰直羅長褲，烏亮的皮拖鞋十年也不走樣，骨牌凳為桌，一兩碟小菜，啜他的法國三星白蘭地，消暑祛疫，環顧悠然。本來是上海人話最多，按說如此滿滿一弄堂男女老少總該喧擾不堪了，然而連續熱下來，汗流得頭昏眼花，沒有力氣嚕嗦，只想橫倒躺平。天光漸漸暗落，黃種人的皮膚這時愈發顯得黃，瘦的肥的，再瘦再肥的，都忘我而又唯我地裎裸在路燈下，大都會的市聲遠近不分地洪洪雷輥。從前的上海的夏天呀，臭蟲多，家家難免，也就不怕丟臉，臥具坐具搬到弄堂裡來用滾水澆，席子捲攏而拍之舂之，臭蟲落地，連忙用鞋底擦殺。已經入夜了，霓虹燈把市空映得火災似的，探照燈巨大的光束忽東忽西，忽交叉忽分開，廣播電臺自得其樂地反諷：「那南風吹來清嗯涼……那夜鶯啼聲淒咦愴……月下有花一咦般的夢嗡……」蒲扇劈啪驅蚊，完全國貨的蚊煙像死爛的白蛇盤曲在地上，救火車狂吼著過了一輛，又一輛，夜深露重，還是不進屋，熱呀，進去了又逃出來，江海關的大鐘長鳴，明天一早要上班。從前的上海的夏令三伏，半數市民幾百萬，這樣睡在弄堂裡，路燈黃黃的光照著黃黃的肉，直到天明，又是一個不饒人的大熱日子。

亭子間才情

只有上海人才知道「亭子間」是什麼東西，三十年代的中國電影，幾乎每部片子都要出現亭子間的場景，魯迅的「且介亭」，大概也著眼於租界亭子間自有其「苦悶的象徵」性。話說二十年代伊始，外國的本國的大大小小冒險家，湧到黃浦灘上來白手起家黑手起家，上海人口密度的激增快得來不及想想是好事是壞事。所謂亭子間者，本該是儲藏室，近乎閣樓的性質，或傭僕棲身之處，大抵在頂層，朝北，冬受風欺夏為日逼，只有一邊牆上開窗，或者根本無窗，僅靠那扇通曬臺的薄扉來採光透氣，面積絕對小於十平方公尺，若有近乎十平方公尺者便號稱後廂房，租價就高了。公務員、職工、教師、作家、賣藝者、小生意人、戲子、彈性女郎、半開門的、跑單幫的、搞地下工作的，乃至各種洋場上的失風敗陣的狼狽男女，以及天網恢恢疏而大漏的鰥寡孤獨，總是僥倖地委屈地住亭子間。單身、姘居是多數，也不乏標準五口之家，祖孫三代全天倫於斯者亦屬常見，因為「且」「介」呀，且介即租界，租界即洋場，洋場即有各種好機會可乘。外國新發明的「無線電」上海也仿造了，樣子像教堂的拱門，門裡擠出尖尖糯糯的女聲，憑空唱道：「上海呀啊本來呀是天堂，只有嘅歡樂啊沒有悲唉傷，住了大洋房，白天搓麻將……」亭子間與大洋房相距總不太遠，靠在窗口或站到曬臺邊，便見大洋房宛如舞臺佈景片那般擋住藍天，那被割破的藍天上悠悠航過白雲，別有一種浩蕩慈悲。亭子間裡的音樂家噍下油條，簌簌譜出：「轟轟轟，哈哈哈哈轟，我們是開路的先㗒鋒，不怕你關山千萬重嗡，不怕你……」大家聽著覺得確實很有志氣。其實亭子間中的單身男女，姘居者，五口之家，三世同亭，個個把有限的生命看作無限的前程，因為上海這個名利場不斷有成功的例子閃耀著引誘人心，揚言「大丈夫能屈能伸」的時候，是屈得幾乎伸不起來的當兒，曬臺上晾著的絨線滴不完的褪色的水，竹竿把頭頂的蒼穹架出格子，雙翼飛機從一格慢慢移到另一格，看來總歸要打仗了。「無線電」自管自響著，「盛會嘅喜筵開，嚶賓客啊齊咦咦咦來，紅嗡男嚶綠嘅女，好不開㗒懷㗒唉唉唉……」眼前紅的是磚闌上的鳳仙花雞冠花，綠的是蔥，或者是植在破面盆裡的萬年青。上海人家的屋頂曬臺都兼充堆棧，凡是不經常動用狼犺物件，病獸般匍匐在那角子上，顯得逍遙悅目的要算飄飄於風中的衣褲床單，揚揚如萬國旗，寒酸中透著物華天寶之感。「夜上海㗒夜上海，你是一個不夜城嗯……」此時將近正午，家家戶戶忙著煮飯燒菜，煤球爐擺在樓梯轉彎的小平面上，看起來是臨時措置，十年二十年就這樣過去，靠老虎窗折下來的天光，或是一只五燭光的電燈泡，被油煙燻得狀如爛梨，藉著它的俯照，煎、炒、蒸、篤，樣樣來事，再加上房內祕製的糟、醬、醃、醉，以及吊在簷下的臘肉、風鰻……如果客人來了，四菜一湯，外加冷盆，不慌不忙佈滿桌面——上海人的嘴，饞而且刁，即使落得住亭子間，假鳳虛凰之流，拉攏窗簾啃骨咂髓神閒氣定。半夜裡睡也睡了，還會掀被下床，披件大衣趿著拖鞋上街吃點心，非到出名的那家不可，寧願多走路。斯文一些的是帶了器皿去買回來，兢兢業業爬上樓梯，爾後，碗匙鏗然，聳肩伏在蘋果綠的燈罩下的小玻璃臺板上，仔仔細細咀嚼品味，隔壁的嬰兒厲聲夜啼，搓麻將的洗牌聲風橫雨斜，曬臺角的雞棚不安了一陣又告靜卻。鄉下親戚來上海，滿目汽車洋房應接不暇，睡在地板上清曉夢回乍聞喔喔雞啼，不禁暗歎：「到底上海人。」

然而亭子間生涯是苦惱的，厄隘蜷焗，全是不三不四的凋敝傢具，磕磕碰碰，少了它們又構不成眠食生計，板壁裂縫，用新舊報紙整個裱糊起來，無聊時呆對半晌——蝴蝶安抵莫斯科、百靈機有意想不到之效力、六〇六、九一四、羅斯福連任美國總統、鷓鴣菜、消治龍、《火燒紅蓮寺》、甘地絕食第六天、夜半歌聲兒童恕不招待、猴王張翼鵬、美人魚楊秀瓊、航空救國大家都來買飛機、人言可畏阮玲玉魂歸離恨天……還有鏡框在低低的天花板下算是掛得高高的，許多小照片紛然若有主次，日子久了，鬆歪而亂了陣列，有些已經泛黃而淡褪，總歸是本家姻親的頂好的幾個人呀，先父亡母的遺容是碳素擦筆畫，代價比較便宜，街角的畫匠著意按小照放大，無論天然、人工，都表示畫中人死了。凡五口之家者，每有一幀結婚照，也許當年景況好，也許硬撐也得撐個場面，男的西裝筆挺，頭髮梳得刷光，女的披上婚紗，那辰光叫兜紗，手裡捧束鮮花，已經流行康乃馨了，照片是黑白的，不莊嚴也有幾分莊嚴。結婚照是亭子間中的無上精品，隔年的月餅匣、加蓋的米缸、藤筐、網籃、皮包、線袋……床底下塞滿了就只好亂擺，然而看得出是煞費苦心地每天在整頓，粗粗細細的繩索也理直了分別掛起來，不是捨不得丟掉，總歸用得著的。

也許住過亭子間，才不愧是科班出身的上海人，而一輩子脫不出亭子間，也就枉為上海人。

吃出名堂來

吃的生意，向來可以高逾三倍利，算得上中華三百六十行內的一項國粹生財之道。上海魚龍混雜，魚吃魚料，龍吃龍料，魚一闊馬上要吃龍料，龍水淺雲薄時，只落得偷吃魚料。魚為了冒充龍，硬硬頭皮請別的魚吃龍料，龍怕被窺破他處於旱季，借了鈔票來請別的龍照吃龍料不誤。於是上等上上等，下等下下等的大酒家小粥攤，無不生意興隆。每條街上三步一「樓」五步一「閣」，兩家隔壁的比比皆然。交際應酬必到之地，賠禮道歉在此圓場，慶婚禮壽弄璋弄瓦之喜，假座某某大酒家恭請闔第光臨。講斤兩已成僵局，三杯過後峰迴路轉，也沒有一對曠男怨女，不靠吃點啥喝點啥來表示情投意合，從而進行「三部曲」。

事情還得一早開始。從前的上海人大半不用早餐（中午才起床），小半都在外面吃或買回去吃。平民標準國食：「大餅油條加豆漿」生化開來，未免太有「賦」體的特色，而且涉嫌誨人饕餮——粢飯、生煎包子、蟹殼黃、麻球、鍋貼、擂沙圓、桂花酒釀圓子、羌餅、蔥油餅、麥芽塌餅、雙釀團、刺毛肉團、瓜葉青團、四色甜鹹湯糰、油豆腐線粉、百頁包線粉、肉嵌油麵筋線粉、牛肉湯、牛百頁湯、原汁肉骨頭雞鴨血湯、大餛飩、小餛飩、油煎餛飩、麻辣冷餛飩、湯麵、炒麵、拌麵、涼麵、過橋排骨麵、火肉粽、豆沙粽、赤豆粽、百果糕、條頭糕、水晶糕、黃松糕、胡桃糕、粢飯糕、扁豆糕、綠豆糕、重陽糕、或炸或炒或湯沃的水磨年糕，還有象形的梅花、定勝、馬桶、如意、腰子等糕，還有壽桃、元寶，以及老虎腳爪……

下午三點敲過，「蕩馬路」是上海生活的著名逍遙遊。成雙捉對的，一家老小的，獨來獨往的，晚風飄衣，緩步輕語，向西的慢慢西去，向東的慢慢東去，人數好像總是均等，從未見某一方向的行人特別多。雖說無為無目的，卻是各有所鍾。看櫥窗，靈市面，盯梢，買點有趣的小物事，過程中都要吃點心。花式品質當然超於早點，概念屬於國際傳統「下午茶」，範圍是中西古今兼容並包，從蟹粉小籠到火燒冰淇淋，從金腿雪筍貓耳朵到瑞士新貨雀巢牌攢奶油，從采芝齋鮮肉梅菜開鍋眉毛餃到沙利文當天出爐巧克力奶油蛋糕、CPC咖啡現磨現煮……

從華燈初上到翌日凌晨三句鐘，洋場夜市長達十小時。彩色電力照明伴著霓虹條，鋪面招牌商標層層彈跳閃耀而上，上到高樓之頂，臨空架起巨型廣告，紅綠黃藍，曲折迴旋，飛位變色，把豔艷的夜幕烘成金紫。欲雨不雨之際，雲朵被映紅了，壓在黑黑的林立的建築群體上，一派末日將臨的煉獄氣象。女的濃妝豔抹旗袍高跟，男的西裝革履呢帽長衫；路上摩托吉普福特奧斯汀，空中酒香油氣煎熬燔炙五味雜陳。汽車嘟嘟，電車噹噹，三輪車、黃包車叮鈴叮鈴，救火車、救命車嗚嘩嗚嘩橫衝直撞，像要放火殺人；腳踏車、手推車不斷地挨罵，紅燈、綠燈，馬路如虎口。「眼睛勿生格！」「豬玀！滾開！」「儂豬玀！」「要傣老婆做孤孀阿是？」「癟三！」「儂洋裝癟三，勿要面孔！」人行道上摩肩接踵，嘶喊怪笑招呼打朋調戲吃豆腐，「尋死喲？」「嗨嗨尋儂一道死！」「姆媽——姆媽——姆媽呀啊啊……」「阿妮頭，姆媽勒拉格搭！」「小赤佬，儂摸袋袋阿是？」「爺叔爺叔，好勒好勒好勒呀……喔唷！」

已無色相可以犧牲的野雞、雌頭，忽而站到明處，忽而退入暗角，都殘敗得脂粉也搽不上了，一臉死紅爛白。電臺正在播唱「煙花女子告陰狀」；她們即使聽見也覺得唱的不就是自己。租界上的路警叫作巡捕，綽號「紅頭阿三」，手執警棍，踱來踱去，突然從後褲袋掏出春宮照片，塞給小孩子，乍一看嚇得轉身就逃，阿三揮棍大笑。據說他們不是印度人，是巴基斯坦人。

馬路夜市最安份的攤販，「噝格里格噝來末大家買，看得里格勿噝勿要噢買……」那伴奏的洋銅鼓正好是「噝、噝、噝格里格噝」，聽來十分坦蕩和諧。「噝」者，便宜也，買主卻都要橫揀豎揀，狠心還價。不揀不還價，豈非「瘟生」、「阿木林」、「壽頭碼子」了？揀吧，盡揀勿動氣。價鈿講定，問你：「要包一包哦？」要，攤主傴下身去綷綷縩縩用紙包好，細繩紮起，拎出來。「再會！」紙包裡已不是你揀中的東西，而是次貨或假貨——耶穌！到底啥人是「瘟生」、「阿木林」、「壽頭碼子」？

勿賺儂兩鈿，我吃西北風啊？妮窮爺真叫運道勿好，啥人喜歡勒拉馬路浪敲銅鼓？

上海是人的海。條條馬路萬頭攢動，千百只收音機同時開響。楊四郎動腦筋去探母，打漁的蕭大俠決定要殺家了，黃慧如小姐愛上車夫陸根榮，楊乃武、小白菜正在密室相會。長達十小時的沸騰夜市，人人都在張嘴咂舌，吃掉的魚肉喝掉的茶酒可堆成山流作河。

那時的宴樓總是兩層三層，式樣仿照西洋，結果完全是中國自己的格局。招牌上的金字顏體成了譚體，腦滿腸肥地高高掛起，當門便是寬敞的樓梯。雕花車木扶欄漆得鋥亮，每一級的立面排鑲著五色紋樣的方塊瓷磚，硬塞給你花團錦簇的印象。樓梯頂頭必是大鏡，映夠了對街跳躍的燈火。樓下的鋪面生意叫「堂吃」，價格普通，光線較暗，座位也擠，少有衣履鮮妍者，卻往往客滿。跑單幫開碼頭之流，以及買醉果腹的低檔白相人暨白相嫂嫂，臉多橫肉，肉上多風塵。

相比之下，樓上就陡然明煌耀目，這廳連那廳，虛隔著絲絨長幔，角幾盆花正紅，壁飾屏條「梅蘭竹菊」，後面一排小房間珠簾沉垂，那是「雅座」，多半是預訂的，真正富貴的筵席怎會設在這裡？這裡是暴發市儈的擺場面充闊佬，或者正在拉攏一局文不對題的尷尬婚姻，或者演著用色相做賄賂以金條買義氣的灘簧文明戲。

最放肆富聲色還得要算那一廳連一廳的吃客，男女個個在說話，縱情咳笑，說之笑之不足便高叫、拍手。猜拳的吆喝似啼似吠似嗥似吼，強迫拉回王朝盛世科舉時代：一品當朝，兩榜利呀，三星照呀，四季紅呀，五經魁呀，六六順呀，七巧渡呀，八仙壽呀，快得利呀，全福壽呀，對、對呀，喜相逢呀……錯拳罰三杯，先要門前清。

「儂勿來事哉，我呀，我又不醉，換大杯？上哦？」「儂想要我好看，我搭儂吃到天亮，看啥人先賴到臺子底下去！」有的臉紅極脹紫，有的臉白綳泛青，搖搖晃晃進洗手間，「開天窗」，「會鈔」，「倒拔蛇」，有的自用食指、中指挖喉嚨，嘔個清爽再上陣，這倒是古羅馬的作風，可見上海人羅馬人都是聰明人。

此時另有聰明人上樓來了，一男一女，老而憔悴，滯鈍多禮，自是見過世面的，男的坐而架腿操琴，女的立著拈帕開腔，嗓子沙嗄板眼頗有路數，轉彎抹角處竭力要傳名派的神。抽足鴉片來賣唱，收得碎錢再去燕子窩吞雲吐霧。上海夜市的酒樓，語聲叫聲笑聲豁拳聲堂倌呼應聲盤盞鏗鏘聲，再加上這番蒼涼高亢的西皮二黃流水倒板，整個酒樓會浮起來浮起來，整條街也隨之恍惚蕩漾。

在睢恣咆哮的眾生中，唯一清醒有為的是堂倌，踮著像是不著地的小急步，這桌那桌穿梭往來。忽而抑揚頓挫報菜名，忽而向廚房的方向關照敦促，忽而為客人結帳口誦心算歷歷無誤。蒼白的臉上，那片掛上去的微笑，五小時十小時不會掉下來。端菜端飯，是一項絕技，左手可拿四碗六碗，碗擱在碗與碗之間也就此擺到腕上臂上，右手少說亦是兩盤三盞，平平穩穩湯水不溢，對於時鮮品類烹調法，有問必答，深入淺出。凡是特別嗜好，一定轉向廚下，包君滿意！呀，湯涼了，馬上進去回鍋，添一把翠生生的紅根菠菜；可以用飯了吧，飯已送到桌邊還有大盤銀絲卷；小囡打翻杯盞，「勿礙勿礙」，立刻揩抹乾淨；雪白的熱毛巾雙妹牌花露水香得刺鼻，遞了一遍又一遍；看看是專心侍候著這邊，靜如處子；那邊稍有傾向當即反應過去，動若脫兔，整個廳堂在他心上是一局棋。你說：「迪只菜味道不錯。」他說：「本樓特色，老吃客是識貨格。」你說：「伊只物事推扳。」他說：「對勿起，下趟保險燒好，今朝勿算數。」

夜戲散場，壓軸性的喧囂鬧忙過後，上海整個疲乏不堪，到處油汙髒水廢物垃圾。長長的多橋的蘇州河穢黑得無有倒影，蒸發著酷烈的辛臭。野貓在街口哀鳴。窗子一扇扇熄了。馬路上的夜風說冷不冷說熱不熱，含著都市統體的汗騷膻腥，淡而分明。真的能感覺到屋頂路面都在喘息。暗暗討饒，只剩街燈下碎爛的報紙飄起、旋落。

等到江海關的大鐘一敲，晨光一照，報童一喊，垃圾車一過，商店的千門萬戶一開，上海又上了海，精神一小時一小時抖擻起來。那種沒有操場的小學，孩子們只好在人行道邊列隊，望著對馬路熱氣騰騰的早食店，齊唱：「禮、義、廉、恥，表現在衣、食、住、行，這便是……」一直唱到「未……來種種譬如今嗯日噘生」。城裡小囡比鄉下小囡聰明，也不知自己在唱什麼，這時「食」的現世輪迴倒又轉動了。

從前的上海人的口腹之祿，包羅世界範疇的美食異瓊、華夏諸傳統宗派的名廚自然就薈萃申江。單以黃浦區而言，京、廣、川、揚、蘇、錫、杭、甬、徽、潮、閩、豫以及清真、素齋、本地等，十六種風味各擅勝場，明顯優勢在於五大幫：

京菜——源出山東，以鮮嫩香脆為特色，倚仗宮廷款目，煞有富貴介事，引人想入非非，而調理純正，盤式雍容，菜中之縉紳也。

粵菜——有「海派廣東菜」之稱，淡雅清爽，於若生若熟中見技巧，品名花俏，用料淫奇，神妙處大有仙趣，菜中之麗姝也。

川菜——標榜「七味」：酸、甜、麻、辣、苦、香、鹹。「八滋」：麻辣、魚香、酸辣、怪味、紅油、乾煸等。實則一辣以蔽之，自有其王氣霸氣，菜中之縱橫家也。

揚菜——鎮江世系，刀工精，主料明，和順適口，回味醰悠。可家常，可盛宴，菜中之出將入相者也。再者，維揚細點，允為雋物。

本幫菜——本幫菜就是上海人伶俐性格的食品化，小東門十六鋪德興館：紅燒禿肺、生炒圈子、醬包櫻桃、蝦子烏參，尤其是一道以生煸草頭墊底的蒜蓉紅燜大腸，遐邇聞名。廣西路老正興：白糟醃青魚、春筍火腿川槽，得味自然，他家的糟是自己釀製的。小花園大陸飯店的清炒去皮鱔背，松腴芳茹，而炸雙排不拘掛糖醋、灑椒鹽，一色金黃勿沾油。牛莊路天香樓：象牙菩魚，刺少肉致，配蔥蒜薑酒下鍋生炒，白裡透黃，宛如象牙，那菩魚是杭州七里塘所產，確係神品——上海菜刁鑽精乖，識時務者為俊傑也。

話說三十年代初，昆山阿雙以清湯鴨麵馳譽蘇常一帶，有鑒於滬西發勢迅猛，搶先在拉都路開張分店：紅湯燻魚麵、薺菜蝦仁豆腐、素炒杏邊筍（竹筍以生在銀杏樹旁者最佳），或謂阿雙的清湯鴨麵，當列為中國「國麵」云。近大中華酒店，有「大發」者，本是紹酒館，後聘蘇州松鶴樓主廚，研製出蝦腦醬湯麵，熱騰騰的銀絲麵上，覆一層赤蕾赬尾的清水河蝦，恰似珊瑚蓋白玉。

申江民間小吃，以當令時新為競取，燕筍、頭刀韭菜、馬蘭頭、油菜苔、苜蓿、毛豆莢、豌豆苗、蒿苣、蠶豆、薺菜、油塌菜、霜打黑河豚菜……河蚌、香蝍、糟田螺、嗆蝦、硝肉、糟蛋、鰻鯗、醉蟹、南乳漬蚶子……

上海人是不怕玩物喪志的，豬大腸叫「圈子」，雞肫肝稱「時件」，青魚肉髒曰「禿肺」，狗彎諱「香肉」，蛙腿號「櫻桃」，魚尾則「豁水」，那中段者「肚襠」，火腿與鮮豬爪共燉，文火歷晝夜，紅白相映，賜謚「金銀蹄」，形容黃魚炸得蓬鬆，乃名「松鼠黃魚」，嫌「鱉」不韻，改字「圓魚」，或「甲魚」、「水雞」，其沿背殼之軟體，昵呼「裙邊」，美食家之大嗜也，再要溯涉「松江四鰓鱸魚」，矜貴若翻鄉嬛食譜，那就更加如夢似真了。

上海人曾把「西餐」通俗口語化為「大菜」，「吃大菜」是時髦風光的，但被老闆訓斥，亦譏諷或解嘲做「老闆請儂吃大菜」。

上海的西式湯類中，有兩只不可不提。一只是「金必多湯」，用魚翅雞茸加奶油，由寧波廚師創製出來，以徇前清遺老遺少、舊派縉紳的口味；另一只是「羅宋湯」，滬地多的是流亡的白俄，不論貴族平民，一概被貶為「羅宋癟三」（「羅宋」——

「俄羅斯」、「露西」之早期漢譯），因此「羅宋湯」當然是他們帶過來的傑作，大抵牛肉、土豆、捲心菜、番茄醬、蔥頭、月桂、牛油，據說還加有炒香了的麵包屑，所以分外濃鬱可口。但此二者究竟不屬正宗洋味，若要嘗嘗法式大菜，亞爾培路「紅房子」，波爾多紅酒原盅燜子雞，百合蒜泥焗蛤蜊，羊肉捲萊斯。再則格羅希路「碧蘿飯店」，鐵扒比目魚，起司煎小牛肉。就算是霞飛路DDS的蔥頭檸檬汁串燒羊肉，也真有魅力，雖然DDS更有名的是滿街飄香的咖啡。

德國飯店為數亦夥，不過「來喜」、「大喜」能以慕尼黑啤酒、丹麥原桶啤酒餉客。「來喜」老闆肥得可親，「大喜」女主胖得可愛，二人同樣喜色勿懈，上帝不擲骰子，他與她卻日日夜夜擲骰子，客方贏，白喝一大杯，老闆贏，你喝酒照付錢，是故何樂而不擲不喝呢。那骰子也別緻，羊皮包成的，比麻將牌遠大，兩顆，抓在掌中很柔馴，更柔馴的是他們店裡的德式鹹豬腳。瑩白靡軟而富彈性，佐以黑啤，絕矣。還有粉紅色的沙拉，用紅菜頭拌雞丁魚粒，恍若桃李爭春。

虹口區「吉美飯店」，一派西歐鄉村情調，木桌木椅概取本色，三分舊意，洗刷又特別清潔，杯盤餐具質樸無華，菜也是以素淨取勝，黃豆絨湯，芋泥炸板魚。如果再要講究，就到靜安寺路「大華飯店」去品味黑海魚子醬，他們的主廚是出重金從馬賽聘來的，還有一位是羅馬烹調大師，論法式意大利式經典肴漿，無疑是頂呱呱的世界超水準。然而三十年代的海派西式食品中，奪魁者何？當推「起司炸蟹蓋」，「晉隆飯店」出品，每當秋季陽澄湖清水大閘蟹上市，蒸後剔出膏肉，填入蟹的背殼中，灑一層起司粉，放進烤箱熟了上桌，以薑汁鎮江香醋為沙司，美味直甲天下。

喜歡洋派甜食者，那麼邁爾西愛路「伯思馨」白蘭地三層奶油蛋糕，西摩路「飛達點心店」奶油栗子蛋糕，赫德路電車站轉角「愛的爾麵包房」下午茶時間出爐的雞派，海格路「意大利總會」核桃椰子泥雪糕，永安公司「七重天」的七彩聖代，跑馬廳「美心」白雪奶泡冰淇淋……

上海人就是這樣飫甘饜奇嗎？且莫悵惘，即使低廉如一碗白水光麵，在上海也可有所發揮。

上海人愛面子，「光麵」說不出口，做生意人又在乎叫得響，還要好聽好口彩，於是，店夥喊了：

「嗳——上來一陽春呀！」

兩碗麵：

「嗳——雙陽春來！」

三碗則：

「噯——又來三陽開泰！」

四碗則：

「噯——再加陽春兩兩碗！」

這種麵類中最慚愧低檔的「陽春麵」，做得中規中矩，湯清、麵健、味鮮，象牙白細條齊齊整整臥在一汪晶瑩的油水裡，灑著點點碧綠蒜葉屑，販夫傭婦就此，固不得已也，然而不乏富貴雅人，衣冠楚楚動作尖巧地吃一碗「陽春麵」，寧靜早已致遠，淡泊正在明志，是都市之食中最有書卷氣的。

從前的上海人中做吃食生意者，利用顧客心理，各有拿手好戲。每年雞蛋旺季，冷藏設備有限，急需把雞蛋推銷掉，你去喝豆漿吧，剛剛坐下，夥計過來問：

「甜格鹹格？」

你說了，他說：

「好，鹹漿，雞蛋一只還是兩只？」

你說一只，他喊道：

「喂——又來鹹漿一碗，加只蛋。」

你原是只想喝鹹豆漿的，如果他問「要勿要加雞蛋」，你會答「勿要」，而他問「雞蛋一只還是兩只」，你便去考慮兩只太多，一只就夠了——上海人這點偷換概念的小伎倆，施之於外省來的旅客，可謂穩紮穩打，除非是本地的「人精」，就不甘於被擺佈：

「喔，老先生，儂早，請坐，甜漿鹹漿？」

「鹹格。」

「好，鹹漿，雞蛋一只兩只？」

「今朝勿要哉。」

「哪能拉？」

「昨日被儂噱進了。」

「啊喲喲，儂老人家真是，雞蛋吃勒儂肚皮裡格，又勿是請我吃，儂鈔票麥卡麥卡，豆腐漿裡勿擺蛋賽過八月半唔沒月亮，阿是？好，儂阿要辣油哦？」

「我是相信吃辣格！」

「好，嗳——鹹漿一碗重辣，雞蛋揀新鮮大點格，馬上就來！」

概念再次偷換——上海人擅長在飲食男女等細節上展施小伎倆，多半總是收效的，因之自我感覺個個光滑良好，把自己當作魚把別人當作水，如魚得水的水其實都是魚，然而卻就此優哉游哉逝者如斯夫。即使輪到整個大都會被偷換了大概念，上海人還是以為靠微型的概念偷換，便足與巨型的概念偷換相周旋相抗衡，似乎愈是絕處愈能逢生，而且夾縫裡發了財。租界期如此，孤島期如此，日據淪陷期如此，勝利光復期如此，如此這般期如此，直到永遠。

只認衣衫不認人

那時候，要在無數勢利眼下立腳跟、鑽門路、撐市面，第一靠穿著裝扮。上海男女從來不發覺人生如夢，卻認知人生如戲。明打明把服裝稱為「行頭」、「皮子」，四季衣衫滿箱滿櫥，日日價叫苦：「嘸沒啥好著呀。」最難對付的是臘月隆冬，男的沒有英國拷花開許米，女的沒有白狐紫貂，「不宜出門」，尤其別上人家的門。倘若勿識相，或者實在逼勿過了——冒著寒流來到某公館——開門的閽人眼光比街上的風還冷，懶懶接過名片，門又帶上，你且等著，怎能讓你入內？主人家會呵斥：「不看看是什麼人！」什麼「人」呢，當然是指什麼「衣」，管你那秋季大衣如何漂亮吃價，時令一過，著毋庸議，若非告貸便是求情，上門來有啥好事體？

那年代的國貨電影中，幾乎每片都可看到這樣的一串鏡頭——妙齡時裝女子，婷婷裊裊上樓梯，稍作張望，立定在一扇門前，她攏攏髮，舐舐唇，撣撣衣襟，舉手篤篤篤敲三下，門將開未開的幾秒間，皮鞋尖在小腿肚上迅速交換輕擦——這些個動作無愧為中國早期電影的「神來之筆」，所以每片都要神來一下，明星無不駕輕就熟，因為在生活中還不是這樣的嗎！看戲的女人和作戲的女人都覺得有味道，當年的價值判斷是：一個女人出來「交際」，如果鬢髮不整，口唇乾燥，衣襟沾屑，鞋尖蒙塵，那就是「完了」。是故在門將開未開的剎那，全會本能地緊扣細節，雖然門開之後成事終究在天，要知開門之前到底謀事在人，何況是年紀輕輕的女人。

上海人一生但為「穿著」忙，為他人做嫁衣裳賺得錢來為自己做嫁衣裳，自己嫁不出去或所嫁非人，還得去為他人做嫁衣裳。就旗袍而論，單的、夾的、襯絨的、駝絨的、短毛的、長毛的，每種三件至少，五件也不多，三六十八，五六得三十，那是夠寒酸的。料子計印度綢、纇縐、喬奇紗、香雲紗、華絲紗、泡泡紗、軟緞、羅緞、織錦緞、提花緞、鐵機緞、平絨、立絨、喬奇絨、天鵝絨、刻花絨，等等。襟計小襟、大襟、斜襟、對襟，等等。邊計蕾絲邊、定花邊、鏤空邊、串珠邊，等等。鑲計滾鑲、闊鑲、雙色鑲、三嵌鑲，等等。紐計明紐、暗紐、包紐、盤香紐，等等。尤以盤香紐一宗各鬥尖新，係用五色緞條中隱銅絲，做種種花狀蝶形詭譎款式，點綴在領口襟上，最為炫人眼目亂人心意。假如采旗袍為婚禮服，必是緞底蘇繡或湘繡，鳳凰牡丹累月經年，好像是一件千古不朽之作。旗袍的裡層概用小紡，即薄型真絲電力湖縐，旗袍內還有襯袍，是精緻鏤花的絕細純白麻紗，一陣風來輕輕飄起，如銀浪出閃，故名「飛過海」。

旗袍奇在開衩，中華裙裾向來嚴不透風，長可及地，漢末始有旗袍之雛型者傳入西域，至北魏乃流行於中原，蓋開衩則便於騎馬登鞍也。衍至清末民初，旗袍這一款式成熟了，開衩忽高忽低，做足輸贏，人心叵測，感慨係之矣。

與旗袍相對而言的長衫，同樣分單、夾、襯絨、駝絨、二毛、大毛。做面子的絲織品、毛織品，色澤文樣完全獨立於旗袍料之外，兩者絕不混淆，稍有涉嫌便是奇恥大辱。男女衣料如此壁壘分明，誠不知據於什麼律理。當年的社交場合，長衫加罩馬褂方才正宗合格。公式是「藍袍黑褂」，大慶盛典，藍黑濟濟，便算漢官威儀。那種馬褂選料貴重，貢緞、毛葛，裁製十分講究，是華夏之「禮」的體現，可是敢情長到臍下就沒有了，預兆著「禮」的氣數殆盡，格物致知者大可幸災樂禍釋作：一褂成讖。按旗袍和長衫係由滿清服式演變而成的漢族紳士淑女裝，當年一般正經男女是不穿兩截頭的衣褲的，婦姑禦襖，必係長裙，即使平日家居，亦復旗袍長衫，起坐裕如。五十年後實難想像此種從容歲月斯文生涯。當時人也決計料不到子孫竟有短衫袴上大學講堂，那還了得，庸詎知不了則已，一了就把長衫旗袍了個乾乾淨淨。這種時代的「代溝」，沒有什麼可以發人深省的，所以還可以「賦」下去。

冬季，北人南下到上海，都說夠嗆。因為冷得陰濕，透入骨髓，而上海人棉絮不及身，絲棉也只有垂垂老去者才紆尊遷就。天寒地凍大家照樣絲襪綢襯衫，確保身材窈窕動作活絡。是故室外非得有豐隆的外套不為功，西裝固有大衣者，中裝也另有長可及地的兜篷、披風、一口鐘。滬諺「若要俏，凍得格格叫」，從落葉紛飛到白雪滿地，男男女女咬緊牙關挺胸健步，瀟灑苗條堅持不敗，手背腳踵都生了凍瘡，「勿冷勿冷，我是勿怕冷格」，嘴唇明明在抖，大家不說穿大家要漂亮。

春江水暖女先知，每年總有第一個領頭穿短袖旗袍的，露出藏了一冬天的白臂膊，於是全市所有的旗袍都跌掉了袖子似的，千萬條白臂膊搖曳上街，從「五四」時代的翩翩倒大袖，縮小縮短，直縮到肩胛骨。夏天了，旗袍無袖可言。四十年代初，那大袖一度翩翩歸來，很快又過時哉。領子則高一年低一年，最高高到若有人背後相呼，必得整個身體轉過來，那頸項箍在領圈中，扣著三四檔紐襻哩。高領力求挺括，內襯細麻再上了漿，做領自斃苦不堪言。中江妖氣之為烈於此可見一斑。

然則長衫旗袍自有其玄妙在，長衫要不寬不緊中顯得大有餘地。設：身高一公尺八十，其衫長可一公尺五十許，要使這一公尺五十許的線條或隱或顯地上下呼應擺動，才夠得上風度。不僅裁縫師傅務必高明，穿長衫的先生更得涵養有素，不瘟不火，周身線條流貫宕揚，實在玉樹臨風，儒釋道三美皆備而莫衷一是。大學生則長衫配西褲，足登車胎底皮鞋，圍巾前掛後垂，單手插入褲袋，長衫下幅就斜成帆形，快步行來，乘風破浪，國家興亡匹夫有責，細考當年社會上流行的口頭禪，「一盤散沙」、「五分鐘熱度」、「畢業即失業」、「結婚是戀愛的墳墓」，那就不是區區長衫所能任其咎了。

而縱橫洋場已成壓倒之勢者是「西裝」。西裝店等級森嚴，先以區域分，再以馬路分，然後大牌名牌，聲望最高的都有老主顧長戶頭，價錢貴得你非得到他那裡去做不可，否則何以攀躋人誇示人？當年是以英國式為經典，中老紳士就之；法國式為摩登，公子哥兒趨之；意大利式為別緻，玩家騎師悅之。

西裝第一要講料作。那時獨尊英紡，而且必要純羊毛，稍有混雜，身價大跌。夏令品類派力斯、凡立丁、雪克斯丁、白嗶嘰等，冬令品類巧克丁、板絲呢、唐令哥、厚花呢等，春秋品類海力斯、法蘭絨、軋別丁、舍維、霍姆斯本、薄花呢等。所謂「英國花呢」，厚薄兩型紛繁得熱昏。國際最新時裝雜誌匯集上海，中國縫工無疑世界第一。

大牌名牌的店家陳設優雅，氛圍恬靜。歡迎、請坐、奉茶或咖啡，寒暄幾句，言下十分自負。「先生光臨本店，想是慕名而來……」然後除了几上的一疊時裝雜誌，又從內部捧出最新的樣本來。這時是顧客顯骨子的當口了。如果你邊看邊品評，眼光凶，門檻精，店夥就起勁奉承，其中夾進微妙的辯論，最後完全聽從你的抉擇，就更加滿足你的自尊心。

接下來是看料作。美妙絕倫，像圖書館那樣莊嚴肅穆，凡你中意的，一匹匹拿下來，近看，遠看，披在肩上對鏡看，裹在腿上假設為褲管看——結果決定幾套，三件頭、兩件頭、獨件上裝，兩粒紐、三粒紐，單排、雙排，貼袋、嵌袋、插袋。還要商量夾裡，半裡、全裡，羽紗？軟緞？至於襯墊，「放心，阿拉勿會用白麻格，總歸是黑炭，墊肩全羊毛，棉花是勿進門格」。

然後是量尺寸，手勢輕快果斷，頗有舞蹈性。如果你身材好，就量到哪裡讚到哪裡，「搭儂先生做衣裳，真開心，電影明星也嘸末儂價司麥脫」。尺寸單的項目極其縝緻，填滿了，還要想想，加附注，長期保存，做下次的參考，而且說：「假使儂在外國，要做了，請關照一聲，我伲打包寄過來。」

等到試樣的日期，更是雙方顯骨子的時候。雖是他從旁幫襯，你動作要靈敏，程式要合拍，他手捉畫粉，口噙別針，全神貫注，伶俐周到，該收處別攏，該放處畫線，隨時呢喃著徵詢你的高見，其實他胸有成衣，毫不遲疑。而你，在三面不同角度的大鏡前，自然地轉體，靠近些，又退遠些，曲曲臂，挺挺胸，回復原狀，立腿如何，分腿如何，要「人」穿「衣」，不讓「衣」穿「人」，這套馴衣功夫，靠長期的玩世經驗，並非玩世不恭。

上海人玩世甚恭，既要應和重視別針畫粉的全套動作，又務必貫徹「唯我獨尊」的見解要求。試樣的過程是一個辯論的過程，若有不恭者不知趣，冒充行家，事態會激化到「本店牌子有關，還是另請高明吧」。真正懂「衣經」者卻娓娓清談，雙方表示欽佩，「儂先生真講究，講究得真有道理」，「不然我也勿會定規要到寶號來哉」。復試，如果你無興去店家，他可以到府上來效勞。初試僅一袖，這次兩袖全，整套款式俱在。萬一你又有新的意圖，他不惜拆掉重做，是故往往要三次五次試樣，雙方絕不嫌煩，直到你的滿意就是他的滿意，臨了說「先穿兩天，假使有啥勿稱心的地方，儘管請過來指教」——雙方自始至終不提一個錢字，落落大方對大方落落。

從前上海人穿著普遍高水準，其中自然就不乏大師級者。一套新裝，要經「立」、「行」、「坐」三式的校驗。立著好看，走起來不好看——勿靈。立也好走也好，坐下來不好——勿靈。「立」、「行」、「坐」三式俱佳，也不肯連穿兩天。「衣靠著，也靠掛」，穿而不掛，樣子要疲掉，掛而不穿，樣子要死掉。

上海人能一眼看出你的西裝是哪條路上出品的，甚至斷定是哪店家做的。傭僕替你掛大衣上裝時，習慣性地一瞥商標牌子，凡高等洋服店，都用絲線手繡出閣下的中英文姓名，縫貼在內襟左胸袋上沿。

襯衫、手帕也都特製繡名，襯衫現熨現穿，才夠挺括活翻。領帶卸下便用夾板整型。衣架和鞋楦按照實況定做，穿鞋先拿鞋拔，不論長襪短襪，必以鬆緊帶箍好吊好，如果被看到襪皺了，「此人太沒出息」。夏季穿黑皮鞋是貽笑大方的，全是白皮鞋的市面。黃皮和合色的——春秋，黑皮與麂皮的——冬季。

上海人特別注重皮鞋，名店也以地段分檔子，也都是定做的。先將尊腳作立體幾何的測量，然後特製木楦。也要試著，不滿意，這一雙就歸店家吃進，另外重做一雙。皮張也先供挑選，式樣也根據歐陸的專業範本。做工也是世界一流。上海人把皮鞋視為聖物，也不肯連著幾天，為了保持乾燥和上楦定型。

路邊，公共場所的角子上，到處有叫「擦皮鞋唷皮鞋擦哦」，每天上油打光，上午下午兩次也不稀奇，似乎一生事業愛情，關鍵在於皮鞋。上海人的生活信條是：寧可衣裳蹩腳點，皮鞋無論如何要考究。說也奇怪，一個人，如果細軟的頭髮梳得一絲不苟，精美的皮鞋擦得一塵不染；衣衫普通，甚而寒素，倒反顯得練達脫略，啥也不擺勒心上的樣子，上海人真會賣弄風情。當然限於平日家居，出客則必得全副鑾駕，連菸匣、打火機、票夾、雨傘，都要令人肅然起敬，否則就遭人嗤之以鼻，就是這樣勢利得淋漓盡致。

因為上海人太愛出風頭，西裝店的夥計，趁一套華貴的新裝完工而尚未交貨的夜晚僭穿了上娛樂場，顧盼自雄，以為得天時地利人和的總優勢。數日後，那訂戶來找經理，要退貨，原因是這套行頭的「初夜權」被侵占了——上裝的胸袋裡兩張戲票根。

因為上海男士出門都戴帽子，巴拿馬金絲草帽、兔子呢禮帽、水獺皮羅宋帽，價值昂貴，坐黃包車三輪車及橋頂，剛開始下坡的剎那間，帽子被人摘去了。在公共廁所登坑的當兒，也容易遭遇「落帽風」。生活中總有此種客體或主體欲罷不能的頃刻，為歹徒所趁——幹這一行的叫作「拋頂功」。

因為上海男女出門不能不穿得奢侈戴得齊整，夜間雇黃包車，幾個轉彎，拉進冷僻的暗弄堂，喊也來不及了。衣帽、首飾、手表、皮鞋、金絲邊眼鏡、錢包鈔夾，照單全收。他拉車飛跑而去，你雖不一定赤條條，而受驚、受氣、受寒，深夜裡，光穿襪子，兩眼迷糊，怎生走得回來。平明，為路人所見，指指點點。

「儂看，剝了豬玀哉！」——「剝豬玀」這個專門名詞諒必是「剝」的一方定的，強搶了你，還把你作豬玀觀。

因為上海的賭臺非常闊綽，進門入局後，名菸佳醑香茗美點，隨心所欲不計分文。並設有典當的部門，賭客光臨之初，呢帽、大衣、洋裝、革履全是名牌精品，氣勢果然磅礴。到後來現鈔輸個精打光，便典掉鑽戒金表，繼之大衣洋裝、呢帽、背心、領帶、襯衫、皮鞋、褲帶、羊毛內衣褲統統落花流水進了典當櫃。外面風雪交加，總得走呀，這時便可在後門的角落裡取一片稻草席，一根草索，把身子裹了，攔腰束緊，赤腳奔回家去——上海賭徒的終極時裝，賭臺老闆的最後一份想像力。這種「稻草夾克」，當年上海街頭是經常邂逅的，嘗聞某公館喜慶，婚禮既成，送入洞房，發覺新郎不見了，各處尋遍。當丈人、丈母、親爸、親娘連袂趕到賭場，驀然回首，那女婿即兒子者，正在闌珊處用草席草索包裝自身——他接住遞過來的開許米大衣時的反應是：快去典了，上臺再決雌雄！

然則還有大家一絲不掛相聚而談笑風生的上海人——「渾堂」，江浙兩省稱澡堂為「渾堂」，倒也說明群體入浴沆瀣一氣的特色。風尚大抵發源於姑蘇。不是說早在春秋戰國申江就受闔閭的影響了嗎，「上半日皮包水，下半日水包皮」便是蘇州人的一日之計。聚坐於茶館，合孵於渾堂，理想主義緊貼現實主義，中華民族喜群居群食群廚，自然樂於群浴。

那渾堂招牌高掛，門庭若市，進門便買一根火烙印的竹籌：上、中、下三等。「下等」者燈光昏暗，陳設敝舊，毛巾舊而泛黃，長條的板鋪上亂躺著出浴後的肢體，一派戰時俘虜營的景象。「中等」就明亮得多，鋪位上攤著藍白闊條的浴巾，間以小几，供茶水，侍者少而默然，但已像個「人間」。那「上等」則亮得受寵若驚，高背躺椅彈簧軟墊，厚質毛巾新雪般耀眼，茶是小壺現泡的，侍者手腳輕快，口齒伶俐。際此，上海人的服裝的功能又發作了。如果周身光鮮入時，侍者便眉動目閃禮貌有加，倘若衣履晦暗背時，侍者就眉淡眼細照常辦事。那麼，衣褲總得脫下來，侍者用一根頂端有銅叉的竹竿，將衣褲釵了掛在你的位置上方，很高，可望而不可即，既對下面無影響，也免了那種非分之想，人心隔肚皮呀。手表交給侍者，若是名牌，他就套在自己腕上，一般的就鎖入小櫃的抽屜裡。

那些已經浴罷而攤手攤腳憩息於高背躺椅上的人，說說笑笑，閑看別人脫衣，情況不能不分四類：外強中乾，外乾中強，外乾中乾，外強中強，其一者進來時神氣活現，愈脫愈蹩腳，內衣褲舊而且破了——空心大老倌，嘸沒家底格。其二者外觀平常，裡廂件件簇嶄新，貼身開許米一套——哦，講究實惠，好人家出來格。其三者最灰溜溜，滿心慚恧，強作鎮定，快快脫光鑽進池裡去。唯外強中強者氣定神閑，脫一件亮一亮，侍者小心小心又上去，好像時裝表演——存心別苗頭，倒是拿伊嘸辦法。

待到身外之物全部高高掛起，眾生俱平等相了。乾巴巴、光致致的上海人，像繳械的敗兵，狼狽竄入浴池。浴池很大，水蒸氣鬱勃氤氳，人都糊成灰白的影子，個個俯仰轉側劇烈活動著，皂沫、汙穢、油膩使池水混濁得發稠發臭。水裡站滿了蓬頭的、禿頭的、癬疥的、疝氣的、骨瘦如柴的、癡肥似豕的、殫垂慘白的、多毛刺青的，塞塞足足一池子，這樣的浴池上海叫「大湯」。據稱大湯是經仙人點化，不病不傳染，信也罷不信也罷，鑒於池中人滿之患，你得找空檔快點下海，愈猶豫人就愈多了。既已到此，你只能捨身「入世」，不能再有「出世」之想。

要之，你畢竟不是上海人，但凡上海人從小就把渾堂當作外婆家，請看池中物多麼生動活潑，如此燙人的渾水，他們毫不在乎地浸沒全身。先是泡，泡夠了再擦，擦透了，以小木桶挽水自潑，然後仰臥在池沿的平面上，閉眼，似乎睏著了。四周笑的笑，唱的唱，口哨，下流話，擊水作嬉，打起來了。真的打了，肉聲夾水聲劈劈啪啪，浪花濺入小孩的眼裡，尖厲哭叫，男孩、女孩呢，是做爺的帶來的，不用買籌，樂得便宜。小人懂啥，勿搭界的。那為父的不顧孩子皮膚薄嫩，抱之入水，燙得她驚呼流淚，頓時全身緋紅，面孔尤其充血，好像融蠟似的變了形，那爺嘴裡不停地自問自答：「開心？開心？邪氣開心來！」

真正開心的人在另一邊，那大池的盡頭，蓋著濕黑的木板，沸水貯存庫，幾個中年老年人，船民般地蹲在木板上，將毛巾從板隙中縋下去，拎上來，就此嵌入腳趾縫間抽動，一吊一吊，手勢純熟到了優美，兩眼瞪著沒有遠方的遠方，斜翹嘴角，發出嗞嗞聲，一吊一吊一吊一吊……據考這是腳氣病殺癢之妙法，大抵欲仙欲死，云云。

助浴，北方稱「搓背」，滬地叫「擦背」。你坐在池沿上，那青壯漢子左手控制著你的身體，右手緊裹毛巾，使勁從後頸開擦，及肩及背及肋及腰，竟有那麼多的老垢滾滾而出。難為情？歡喜？男人真是泥做的！你仰臥，前胸、肚腹、胯間、大腿、小脛，也是滾滾的老垢。膝蓋要彎起來擦，腳背腳踵趾縫，無微不至，這才用肥皂周身揉抹，結論性地挽起一桶熱水整個澆下來──他像氣功師，像屠夫，更令人回想起古代的奴隸，滿頭大汗，喘著……而你，全體表層微微作痛，脫了殼蛻了皮似的，分量減輕不少。快去蓮蓬頭下淋一遍，回大廳，侍者幫你拭乾身子。躺下，腰間搭上浴巾，喝茶，你也不禁閒眺了。

侍者分二代，成年的是正職，少年的是學徒，做的事一樣是接籌、領位、掛衣、送茶、遞毛巾……那正職而年齡趨老的幾個，可謂閱人多矣，穩重而油滑，鑒貌辨色，洞若觀火，誰有錢誰有勢，他十分清楚。奉承阿諛有錢勢的浴客，對他並無實際好處，然而他要奉承，要阿諛，似乎是一種宿癮，湊趣，幫腔，顯得綽綽有餘。哪個不得志，哪個敗落了，他也明白得很。你若與之兜搭，他的回話和笑容寡淡如水，忽然他代你感歎「現在的世界做人難呀，嘸沒鈔票是啥也不用談」，聽上去是同情，正好揭了你的底牌——何苦呢。再不得志，再敗落，也比送茶水遞毛巾的要強三分哪。然而他鄙視你，他用的是有錢有勢的眼光看你的。這又是一種癮頭，要在你的身上過過癮。

他待學徒是嚴厲的。指派、提示，都用罵人的話來吩咐，學徒總是瘦拐拐，鉤頭縮頸，稀髮亂聳，得坐便坐，有靠處就靠著發呆挖鼻孔。「小赤佬拿毛巾去！」一驚而奔，身手扭得脫了骱似的。其實，當他長大變老時，也將油滑穩重到不可捉摸。

而真正有技能的是扡腳師傅。老人的趾甲大抵病變增厚，嵌進肉裡去，故需用斜口的扡腳刀，趁浴後骨質軟化，細細切薄剔淨。那師傅特備一盞簡裝手術燈，戴起老花眼鏡，一邊閒談一邊操作，很像一位終生敬業的工藝美術家。

而真正神乎其技的當推敲背的那個高手。敲背之道應屬按摩科，妙在握拳著點的多花式，發聲就匪夷所思。時而春風馬蹄，時而空谷跫音，時而啾啾唧唧，時而驚濤拍岸，輕重強弱的節奏變化，遠勝於「擊鼓罵曹」，接受敲背的那一方，據云臻於醍醐灌頂之化境。只是天下沒有不散的筵席，夜漸深，浴客流連忘返，侍者可要等大家走光之後，沖洗整理還有好一番忙碌。於是資深的師傅用叉衣的竹竿，權杖似的咚咚咚咚舂樓板，口中喊道：

「下雨了！下雨了！」

「啊？下雨了？」

「就要下雨了！就要下雨了！」

紛紛起身，披衣套褲，爭先下樓，奪門而出。對馬路高樓後面星月皎潔，長空一碧，不覺暗自失笑，想想這也是對的——上海話叫作「撥儂面子」（給你面子）。

面子第一要緊，上海人講究穿著為來為去為了「面子」，因此服裝的含義或可三而述之：一、虛榮；二、愛好；三、自尊——凡虛榮每含欺騙性，是達到目的前的手段，故屬權術的範疇。凡愛好，雖說發乎天性，而外向效應也是取悅人引誘人，內向效應則形成優越感，自戀自寵，樂此不疲。凡自尊，為了確保身分，成全個人的存在證覺，倫理觀念流於生活細節，細節累計為大節——虛榮心態蔚為社會風尚，這個無處不在的大魔障，個人沒法衝破，服裝的欺騙性便愈轉愈烈。而愛好的心態呢，或先認衣衫後認人，或既認衣衫又認人，近乎中庸，其實模稜兩可，衣可人可，自己也只要做個「可人」。那第三類所謂倫理觀念細節化的，是精於「衣道」者，細認衣衫細認人。能從「衣衫」上辨別判斷「人」，必要時，達到不認衣衫只認人的明哲度——從前的上海人，在「衣」與「人」之關係的推論上，也許總不外乎這樣的吧，因為後來上海人就不虛榮了，繼之不愛好了，終於不自尊了，再後來又想虛榮又想愛好又想自尊，已不知如何個虛榮愛好自尊法。所以，從前的上海人在「衣」與「人」之廣義關係的考辨推論上，總不外乎，就是這樣的吧。

到此結束——想想又覺得旗袍的故事尚有餘緒未斷，法國詩人克勞台在中國住過很長一段時日，詩中描寫「中國女袍」，深表永以為好之感。可惜西方任何種族的女子都與旗袍不宜，東方也只有中國女子中的少數，頎長、纖穠合度，臉橢圓，方才與旗袍相配莫逆。旗袍並非在於曲線畢露，倒是簡化了胴體的繁縟起伏，貼身而不貼肉，無遺而大有遺，如此才能坐下來淹然百媚，走動時微颸相隨，站住了亭亭玉立，好處正在於純淨、婉約、刊落庸瑣。以藍布、陰丹士林布做旗袍最有逸緻。清靈樸茂，表裡一如，家居劬勞務實，出客神情散朗，這種幽雅賢慧幹練的中國女性風格，恰恰是與旗袍的沒落而同消失。藍布旗袍的天然的母親感、姊妹感，是當年洋場塵焰中唯一的慈涼襟懷——近惡的浮華終於過去，近善的粹華也過去了。

後記

本篇原定九章，既就六，尚欠三。此三者為「黑眚乾坤」、「全盤西化之夢」、「論海派」——寫完第六章，因故擱筆數日，就此興意闌珊，再回頭，懶從衷來，只好這樣不了了之了。剩下一灘斑駁的殘緒，不妨表其大概，也算無尾之尾。蓋「黑眚乾坤」者，擬析述當年上海的黑社會的潛顯架構，幫派內部運作的詭譎劇情，素材雖非全部勘證得來，而少時聽上輩人講得真多，記憶半新，道來或可十不離九。且半世浪跡江湖，自有高人贈我多部幽史僻典，籀讀一過，犂然心動。異哉，盜亦有道，道亦有盜。然而真要寫，就迹近掏醬缸了，還是低頭袖手而過吧。那「全盤西化之夢」呢，有點像歌劇中的詠歎調，溯自二十年代至四十年代之際，上海租界及西區的高等市民，生態之歐化，確乎漸臻熟能生巧的境界，即小如餅乾、麵包、冰淇淋，洵可謂冠絕全球。耶誕將臨，家家樅樹，戶戶彩燭，徐家匯教區號稱東方梵蒂岡，主體建築媲美巴黎聖母院。二戰後巴黎也要從上海移植法國梧桐，足見上海城市綠化的優美。但國之宿命，註定了上海無緣全盤西化，區區忝為實踐「歐傾」的過來人，也不想戀舊唱挽歌。昔日申江繁華，可不是常春藤，倒成了竹子開花，而今而後，只有異化，全盤異化是指日可待的。最後說說「論海派」，按古賦作法，篇末應有一「亂」，總發其要旨也。昔魯迅將「海派」與「京派」作了對比，精當處頗多闡發，然則這樣的南北之分剛柔之別，未免小看小言了海派。海派是大的，是上海的都市性格，先地靈而人傑，後人傑而地靈；上海是暴起的，早熟的，英氣勃勃的，其俊爽豪邁可與世界各大都會格爭雄長；但上海所缺的是一無文化淵源，二無上流社會，故在誘脅之下，嗒然而顏盡失，再回頭，歷史契機駸駸而過。要寫海派，只能寫成「上海無海派」，那麼，不寫也罷。嗚呼於戲，有道是凡混血兒或私生子往往特別聰明，當年的上海，亦東西方文明之混血也，每多私生也——我對「海派」輒作如是觀，故見其大，故見其失，故見其一去不復返。再會吧，再會吧，從前的上海人。

上海在哪裡

小引

事情還得從詩人海涅說起，他於一八三一年流亡到法國，直到一八四三年才回德國探親。我睽離中國也十二年了，再算算，海涅僑居巴黎十二年零五個月，而我守節紐約亦復五個月加十二年，歸期皆自擇於寒冬歲闌——這樣的巧合是毫無意義可言的，然則我對沒有意義的事物向來特別感興趣，一件已經有了意義的事物它就僵在意義中，唯有不具意義的事物才鮮活，期待著意義的臨幸。

此番我回中國，預知舉目無親，決定概不舉目，速速辦理幾件延宕太久的俗事，驀然回首，想起了燈火闌珊處的海涅，隨之發現這「十二年零五個月」的巧合，使我乘興寫了這篇遊記，幸或忝作〈德國・一個冬天的童話〉之後續。若問彼之在西此之在東，時隔一百五十多年，還繼得上麼，對曰：你不想繼，我想繼，歷史的鬍子都是紅的。

「凡是存在的都是合理的，凡是合理的都是存在的。」我少年時攻〈小邏輯〉，碰上了這副鬼門關的楹聯，灰心喪氣了好多天，海涅還當面質疑黑格爾居心何在，那兩腳的伊甸園雄蛇一臉笑意地說：也可以解釋為「凡是合理的都必須存在。」——然而我的經驗是，撇開了這兩句大話，就把〈小邏輯〉順利攻克。一百年過去了，東風夜凋花千樹，更吹落，星如雨，凡是存在的都是消失的，凡是消失的都是存在的。

異國平居有所思的炎涼歲月裡，時常會驚覺自己是一個不期然而然的愛國主義者，我與華夏胤裔，始終維持著單方面的君子之交，於是我帶著中國回中國。

未成曲調先無情

特意買了「中國民航」的機票，為的是多一個方面與「中國」接觸。乍入內艙，聲聲激楚的詈罵，立即形成「中國氣氛」，兩個大男人爭置行李的一小櫃。

「拿下來，快拿下來喲！」

「問過了，好擺的。」

「喔唷喔唷，看上去倒滿像個人，怎麼不講道理。」

「你敢，你動一動我的東西就要你好看。」

「你打人呀，打呀，打呀！」

畢竟已有十多年沒有聽到這類狺狺的喧囂了，西方的生活概念突然潰散，嚴酷預告著我將抵達的是怎樣的一個國族。我自不濟，意料所及的事常有意外之感，且看「空姐」們都置若罔聞，多見不怪是老練。我在登機之際，看到乘客們倉皇爭先，以為庸人自擾，至此方知為的就是這種鳩佔鵲巢。按座號各用各櫃豈不相安無事，然而中國人出門個個盡量多帶東西，不帶或少帶那是傻了吃虧了，中國人事無大小件件都要雞犬昇天。此種爭吵，用詞之低劣，模式之概念化，還是十多年前的老章程，特別使我感到壓抑，不景氣。

班機型號波音七四七，美國製，內艙中國化了，三座偌大的電視螢幕是硬加出來的，與整體座位的佈局格格不入，在中國，給你看電視是一種恩賜。王爾德抱怨英國獄卒缺乏想像力，那麼中國航空公司的想像力就更差勁，沒想像到我不要看電視，「群眾要看，你也得看。」還未入國門，「集權主義」的霸氣已直沖丹田——從前我在大陸任職時，工會幹事來發票：

「同志們，好消息，今天晚上看電影呀！」

「什麼片子？」我問。

幹事臉色一沉，厲聲道：

「電影就是了，還要問什麼片子。」

這個幹事也十分缺乏想像力，「人權」問題亦是個想像力的問題，讓你生存，夠了，要新聞自由言論自由幹什麼。

一個缺乏想像力而專門想入非非的民族。

到底我不是格林卡

中美兩國間的出入境手續，我略無顧慮，到得上海虹橋機場，卻見大幅告示：「凡外國來賓及在國外停留三個月以上者，必須接受愛滋病疫的檢驗。」檢驗不足懼，怕的是在檢驗中得了愛滋病，眼看長長的隊伍中有人被列為受檢對象，正在那裡抗辯掙扎，我又不能脫隊他去，只好挺身前進，輪到我遞上證件，故意加奉白皮書，高聲說：「我剛從英國回來，白皮書上有記錄體格檢查沒問題。」於是蓋章、通過，我正一正帽，揮著手杖大步流星而出，倫敦機場根本不以檢驗愛滋病來侮慢紳士。後悉：此項檢驗收費十五美元正。

還有行李要過關，四顧無人，少頃見有一值勤者緩緩踱來，我問：

「這裡是行李檢查口吧？」她很節省地微微點頭，嘴裡嚼著東西。

「怎麼沒有人？」

「吃早飯。」

「等到幾時呀？」

「你要檢查你就等，不要檢查，就走。」

我想我似乎屬於不要檢查的一類，便將行李快速推出。

在這樣的轉折中我東張西望，想懷一下舊，三十年我主持過這個建築群的內部設計，奇怪的是什麼痕跡也沒有了，眼前的實體平凡無特徵，懶洋洋、亂糟糟，得過且過的模樣，那種遠遠落後於現代的後現代感。昔時的虹橋機場規模雖小，處處煞有介事，表呈了咬牙切齒求摩登的心願，而今大而疲茶，於我是全然陌生的。

站在機場外圍的路邊長噓一口氣，高樓、廣告牌、計程車，彤雲間滯鈍地射下陽光——音樂家格林卡從外國浪蕩歸來，一下馬車，倒地親吻俄羅斯的泥土，此亦可謂忠厚之至矣，我少年時從銀幕上睹此情狀，不禁大慟，今日我比格林卡去國更久，歷難更多，念不可謂不切，志不可謂不誠，我卻只能木強地站在冷風裡，沾唇的是荒地上颳來的灰塵，感到一種殺傷力極強的淡漠。多情者的後路並非無情，而只能是慎於用情吝於用情了。

阿Q別來無恙

車馳公路，「上海」就正式撲面而來，虹橋離市中心遠，地處西郊卻是餐館連連，想見前幾年飲身行業大發利市，一時男女老少誰都想開店當老闆，中國真的是美食國嗎？是饕餮之邦嗎？富到了家裡不煮飯，天天闔第光臨餐館大快朵頤嗎？古諺「民以食為天」，是指免於飢饉，而現下的歪風是「吏以天為食」，「吏」者官商一體地方各級頭目，「天」者大小各單位的公積金，巧立名稱為交際費公關費接待費，於是狂飲濫嚼，私人不付分文，反正一報而銷之。餐館老闆敲的好竹槓，餐客認為價錢愈貴愈足聳聽聞、得「人心」，外國商賈和旅客（包括港仔臺胞）都看傻了眼，中國人吃得如此豪奢，可見人人富可敵國。自前幾年起，海外不斷風聞此類消息，且見僑民移民垂涎之態可掬，這種吃的神話吃的符號，還不容易解構麼，可叫作「新一輪的醉生夢死」，快樂的蝗蟲，好景是不常的，果然今日目擊公路兩旁櫛比鱗次的餐館，家家塵滿面鬢如霜，挪用公款大吃大喝的風氣一受堵制，餐館生意陡落，薄利也不能支撐，關門散夥，招牌油漆剝落，懶得拆除，時值早晨七點半，卻有西風殘照漢家陵闕之感。此情此景雖然荒唐還不算透頂，透頂的是一家夾在餐館中間的理髮店，外牆上赫赫然八方大字：

女人世界
男人天下

這個偷換概念的面積和能量可謂大矣，唯物史觀階級鬥爭一下子轉為唯性史觀男女霸權，此八方徑尺的白底黑字，竟能上牆暴露於光天化日交通要道之邊，以其成色觀之，歷史久矣，固知天網恢恢於今大漏，製聯的那個才子未必是髮廊老闆，此人諒來在女人那裡吃足了虧，還想扳回面子，阿Q大有長進。這個不具名的作者事小，這個公開的現象事大，當今上海之為上海，此一棒喝，謹如教。

十里洋場不見洋

在沉積的中國印象群裡，上海最悅目賞心的是幾條著名的街（滬人慣稱「馬路」，蓋五口通商開埠之初，行的是馬車也）。昔屬英租界的「大馬路」，是男性的，剛陽挺拔，充滿事業心。在倫敦漫步，時時發現有與二次大戰前的上海有相彷彿處，路面一樣是較狹的，間有小巷連通，過街樓下宜於避雨立談，商店的內堂暗而整潔，物品陳列格律森嚴，而泰晤士河，就像黃浦江，金融中心皆在岸邊。昔多法租界的霞飛路，是女性的，風神散朗顧粉生姿，華燈初上時又顯得珠光寶氣，摩爾鳴路轉角的法國夜總會，全白的巨宅蘊藉在綠蔭深處，蘭心戲院純乎法蘭西傳統小劇場古典情懷。

現在怎樣了呢？沒有怎麼樣，這兩條路消失了。

我的少年青年，消磨在霞飛路及其支路上，名貴的書本畫集唱片，源源而得之，歐陸流行什麼，上海隨之時興，那種同步感予我「天涯若比鄰」的幸樂和驕矜，世界人文精髓的浸潤蕩漾，皆與霞飛路有終身難忘的淵源。

我的壯年中年，每日工作上班必經大馬路，熟悉得能依次背誦兩旁店名一無失誤，寓所又在白渡橋之北堍，約會散步總在外灘的林蔭道上，江海關樓頂的鐘聲一如格林威治的音調，當年的上海儼然東亞第一大都會。

這兩條路曾與我休戚相關，而今我只願以一個舊市遺民的觀點和口吻提及之了，國家民族在這兩條路上成王敗寇你死我活的史鑑劇情，我又何嘗不見，不銳身衝突其中，但還是由別人去貶褒評說吧，反正我一抵達故居，放下行李，不顧空行時差的困憊，疾步向外灘走去——金山路上餐館連連，理查大樓頂層巨大的廣告牌，妖氛戾氣，欲避不得，原本黑鐵的橋身，塗抹成輕佻的淡灰，最敗壞風水的是，從吳淞路直沖過來的一條高架公路，將外灘北端的優雅景觀格殺殆盡，縱有千種理由要增此交通要道，絪縕百年的外灘風光，橫遭腰斬卻是昭彰事實，話雖如此說，我還是沉住氣，從南京東路（大馬路）步行到靜安寺，十里長街，昔日之所謂洋場者，雖不乏剩遺的老建築老店號，無奈都被喬妝打扮得面目全非，正是其自炫為洋勝處，尤顯得土俗不堪，噫，上海亦一斑耳，土得太洋，洋得太土，整個目前的中國。

翌日，赴淮海路（霞飛路），第一眼是兩旁的法國梧桐全沒了——「法國梧桐」原係楓科，始植於法租界，因以為號焉，外國人到上海無不讚羡此區綠蔭之蓊鬱，而在法國我聽說今日巴黎的行道樹倒是上海「法國梧桐」之苗裔，戰後巴黎的這類母樹都死了，便接回上海的子樹之孫去。然而上海人卻把「法國梧桐」連根拔掉，為的是多造房屋多開店，法國梧桐不是搖錢樹。

支路上的花園洋房，固是二、三十年代的「真蹟」，亦望之知非人居，即之情同隔世，一一凋敝得寒磣邋遢，似乎羞於回首一代豪華，那種壓榨出來的謙遜，使我代為哀傷慚恧，譬如淪落風塵的絕世佳麗，五十年不洗沐不更衣，怎還見得了人。

路有路的命運

路，也有發生、發展、衰老、死亡的形態規律，大馬路和霞飛路，經由漫長的漸變，於今突然夭折——一條路（在城市中應指街或衢），其壽命愈長則愈詭譎通靈，能保持幾百年不變的街，必定是物華天寶之所在，因為人文乃是精神的酒，需要醞釀、酸醅、沉澱，然後臻於醰釄，歐陸最迷我的就是這種樣的長街深巷，醇粹得使我流連不去難於為懷。街的個性、風貌，至少它的原意是要穩定、恆久的，除非受政令的干涉，被迫就範於事在必行的城市新規劃，否則一條街自能生生不息幾百年，戰爭也滅絕不了它，炸毀了，重建，再十年，宛然就是那條老街，反而是戰爭的痕跡找不到了。

自五十年代初至七十年代末，我始終敏感於上述二路的演變，頭十年還剩有「海派」的作風規矩，商店門面、內堂布置，招待聲氣，大抵革命為體，營業為用，還有點分寸感，若論殖民地色彩，那麼房屋櫥窗無主見，洋人去兮洋產可取，整個上海的物質文明之所以宿具國際水準，毋庸諱言就是這點粗淺道理，地靈而人傑呢還是人傑而地靈，相視一笑心照不宣。上海的滄桑遞嬗，區區的我算得是「過來人」，故曾情不自禁地寫了〈從前的上海人〉，又忍俊不住地續作〈上海賦〉，意猶未盡，還想來一長篇〈中江餘燼錄〉，打從二十年代末痛寫到八十年代始，皮裡陽秋，以快海內外正宗「老上海」之心。庸詎知此番歸去一看，緣已盡矣，氣也洩了，這樣的「上海」，與我何涉。該地方正流行著一句口頭禪，曰「勿搭界」，意即不相干，我的魂牽夢縈的上海喲，奈末真叫勿搭界，哦搭儂嘸啥話題哉。

心有千千高樓結

怎麼會弄到這樣地步的呢，得從建築說起，一曰新舊亂套，兩敗俱傷，二曰唯利是圖，不擇手段——大凡都會，建築設施自必有前後新舊，明智的國家皆能處理得當，具歷史意義、審美價值者，悉心維護保存，應時代的風尚和需要的空間結構，則另闢區域，如上海的虹橋、外高橋，得其所哉，無可厚非，而上海市內原已自成體系的黃金地段，聽任外商肆意拆建大樓，乃致飛揚跋扈，造型、色調，大出打手，整個城市特徵全面破壞，其勢已不可逆挽，外商來華投資，經營地產者當然要多占空間，非地產商者又為了逞威風，故意與周圍的原有建築持反效果，以誇耀其現代技術之優越，這是殖民主義侵略心理的變種，老殖民地的主者是夢想長期乃至永久占有這塊土地，所以連同宗教、法制、教育、文化，一起帶進中國來，而今的外國商賈只求期約內獲得利潤，根本不具其他目的，一味虛張聲勢，新買辦們做了阿木林還以為與世界接軌，大玻璃立面、輕金屬結構，在西方已望而生厭的敗筆，到了中國頓成神來之筆。本國的財團呢，其領銜者都出過洋，摩天大樓驚倒了他們，認定中國要現代化非高樓大廈不為功，可是這些商業大躍進的巨型產物，內臟都有毛病，不時要迸發，而且都不事外觀的日常整潔，泥汙塵垢，觸目皆是——上海再要美觀，除非去掉這些「新鮮事物」，等於說，上海是從此不可能有賞心悅目之一日了，更難看的怪物還將層出不窮。

時裝的海洋

上海人講究穿著，是個傳統。三十年代的上海「只認衣衫不認人」，如果太不像人的人穿了好衣裳，也要被認作借來偷來的。經過長期的「樸素」、「劃一」的沉悶壓抑之後，而今迸發出來的千奇百怪，怵目驚心，如淮海中路、四川路、海寧路，一片衣海，望去無邊無底，近看則全是平民化的劣質拼湊，那有什麼設計縫工可言，而且多數是攤販，不成其為店，深度一公尺到兩公尺，掛得密密層層，攤主嚼食閒談，旁若無顧客，據說一天能賣掉一件就夠開銷了。令人更不解的是原來頗負盛名的老牌服裝店，也弄成這種憊賴模樣，例如南京西路的「亨生」，本是滬上一流西服店，店堂寬敞，整飾幽雅，經理是我「故人」，特地找上門去，招牌依然而門前也像攤位，掛滿衣物，衣物後面是三夾板擋住了，上海，我走到哪裡，它變到哪，身在噩夢中似的。

也有日本人、香港人開的服裝店，還有美、法意商與中國合資的，說來難以置信，那些衣褲鞋帽都不入味了，荒腔走板了，因之演繹到任何思想任何主義，一入中國，無不變質，覺得中國的民族性，實在是個神祕的黑洞。

上海的「一窩蜂」，比從前更有物質條件周旋從事，冬季，女的都穿長毛的皮領、皮袖口、皮下襬的大衣，你例外，你就「阿屈死」（傻瓜），夏季，女的腰背後裝一個大型蝶結，且有飄帶，你不裝，你就「豬頭山」（笨蛋），啟蒙的先知喲，你有天大能耐，也解不了如許之多的蝴蝶結。

我在上海三個月，上街不下百次，從未見過一個衣著得體而有情趣的人，這個紀錄使我免於「只認衣衫不認人」與「只認人不認衣衫」的抉擇之苦，乾脆六親不認就是。

中聽中看不中吃的美食

上海本是集中國各派美食之大成的口福樂園，名稱、款式、選料、烹調，格律嚴謹、恪守傳統，因為市民中大有「老吃客」在，其資格之深、見識之廣、口味之刁，使飲食業主不敢稍有怠慢，這最後一代的美食遺老已經物故了，遺少是沒有的。不肖子孫只知空頭的「名牌」、歪打的「正宗」，粗煮濫燒，滿桌的魚龍混雜泥沙俱下，廣式麻婆豆腐、川味蠔油牛肉、京幫紅燒划水、維揚宮保雞丁，我一邊皺著眉頭痛苦地吞嚥，一邊側目凝眸旁桌的男女舐嘴咂舌快樂地享受，上海人失去了心和腦，失去了舌頭，他們是沒比較的，無所謂品味，這些人大抵是「文革」之後的產物，能吃到眼前的鹹的甜的，自覺皇恩浩蕩洪福齊天，我是後天下之樂而悶悶不樂，「美食街」上的餓殍，餐館中的幽靈。

酒樓飯店是暴發的「大腕」、「大款」的用武之地，籠絡交情獻眉行賄，其犬馬聲色，著實不輸於抗日時期大發國難財的風雲人物，有錢能使鬼推磨，有錢能使官推磨哩，時代是進步的，時光是倒流的。

尚有蠢得「年夜飯」吃到外頭來的上海鄉愿，亙古習俗除夕團聚，理應在廳堂中歆享天倫之樂，時下卻流行上餐館包一圓桌，全家老小嘰嘰喳喳，沒有受寵也若驚，前後左右一桌桌同樣嘰嘰喳喳，這該叫做「福祿壽禧集中營」，但上海認為十分洋派，不知外國人過耶誕節平安夜都平平安安在家裡的。

我自不免尋訪了幾家從前吃慣的老字號，遷的遷，失蹤的失蹤，僅存「梅龍鎮」、「功德林」、「潔而精」、「揚州飯店」、「老半齋」，一概變質走味，過去的醰醰記憶終結了，欲解鄉愁，倒落得個鄉怨鄉恨。

民以住為天

住，從二十年代起就是上海市民性命攸關的大難題，八十多年來申江寸地寸金，住處的面積、地段，決定你的一生。四九年後公家房屋的租金保持低穩不漲，但房產管理局在「分配」、「調度」上營私舞弊，作威作福，市民稱之為「房老虎」。改革開放以來，新房激增，各機關工廠單位的領導人爭先滿足自己，然後惠澤親友，再以權牟利，老虎賣皮。

上海的街上，隨時可以聽到：

「兩房一廳」

「三房兩廳」

在交談、在策畫、報喜報憂、搥胸頓足、搶天呼地，就像人生在世，就是為了幾房幾廳，舉市若狂，使我感到新奇而恐怖，那些口誦房經，臉上五花八門的表情，看得我發楞，以為杜思妥也夫斯基實在有所勿知，人性的襞積裡藏著捉不盡的蝨子，被侮辱、被損害，還得去侮人、損害人，祖孫三代擠在十平方公尺的亭子間中歷半世紀者有之，結婚九年孩子八歲還無望分配到一個小閣樓者有之——得房即天堂，失房即地獄，所以滿街地談

「房」，就是滿街的天堂地獄。像我這種飄盪遠來的過客，猶如在雲端俯視滾滾紅塵，心有餘悸轉化為心有旁悸，以此自證我脫出輪迴已很久了。

滬道更比蜀道難

上海是人海，街上沒有兵沒有馬而兵荒馬亂，家裡沒有雞沒有狗而雞飛狗跳。想走走，行人摩肩接踵，車輛橫衝直撞。乘巴士，路線改了，根本摸不著頭腦，而且也擠不上去。祇好坐計程車，其髒、雜、敝敗、無禮，實在望而生畏生厭。每到目的地，催你下車的聲氣之厲惡，使你一時反應不過來。問車費多少，勿答，再問，勿響，什麼意思呢，意思是：你看指示牌上的數字好了，在前座，既然乘客不明情況，說一聲又何妨呢，他以作難你為樂，是上海人的共性，魚不論大小都是腥的，上海人不論老少都是刁的。

某日我又發興實踐「懷舊」，去思南路找那曾經關押過我的法國式的監獄。路，大致依舊，監獄已夷為平地，只乘東南角上的瞭望碉堡，以及其下的拖屍體的牆洞，我濫用了一下想像力，便見我的身首從此斜坡中被曳出來。

「懷舊」失敗，兩腿虛軟，路畔正有待業的計程車，司機是個婦女，女的總比較文靜謹慎，那知一招呼，她萬分懇切地陳情：

「先生呀，我今天第一次上街做生意，你是熟門熟路的吧，指點我開，那麼請上來。」

慈悲幼稚病突發，不坐她的車是不人道的，肩負起雙重義務，一是要提早告訴她前路的取向，二是要傾聽她敘家常，不外乎工廠效益極差，只得自謀生路。勸我不要回來定居。

「心腸要硬一點。」

——「嗯。」

「聽到了沒有？」

——「是的。」

「早些回美國吧！」

——「噢。」

「這裡的親眷朋友都勿是人。」

——「還好。」

其明智溫馨，是我回國來的第一次承受，我說：

「再見，你會好起的。」

她是後現代的「祥林嫂」，而我學會了空頭的「祝福」。

住處在白渡橋北堍，我南堍下車，走上橋頂靠著欄杆，土腥的江風吹來，濁浪拍擊岸沿，和原先是一樣的，十二年前的夏夜，我特意遲睡，來這一帶作告別式的漫步，覺得人有罪，物是無罪的，故以愛撫的目光，周視了外灘的建築和樹木——此刻是冬天的正午，灰白的陽光下大片眼花撩亂的形相，人之罪沾滿了無罪之物，我是一介遠客、稀客，感覺著人們感覺不到的東西，清醒得暈暈然似將撒手虛脫，幸有「殺傷力極強的淡漠」，把我控制住了。

烏鎮

遵彼烏鎮　循其條枚　未見故庥　惄如調飢
尊彼烏鎮　迴其條肄　既見舊里　不我遐棄
積雪御喪　邸稟如燬　雖則如燬　吉黃片羽
振振公子　于嗟麟兮

坐長途公車從上海到烏鎮，要在桐鄉換車，這時車中大抵是烏鎮人了。

五十年不聞鄉音，聽來乖異而悅耳，麻癢癢的親切感，男女老少怎麼到現在還說著這種自以為是的話——此之謂「方言」。

「這裡剛剛落呀，烏鎮是雪白雪白了。」

高吭清亮，中年婦女的嗓音，她從烏鎮來。站上不會有人在乎這句話，故像是專向我報訊的，我已登車，看不見這個報訊人。

童年，若逢連朝紛紛大雪，宅後的空地一片純白，月洞門外，亭臺樓閣恍如銀宮玉宇。此番萬里歸來，巧遇花飛六出，似乎是莫大榮寵，我品味著自己心裡的喜悅和肯定。

車窗外，彌望參地，樹矮幹粗，紛枝處虬結成團，承著肥肥的白雪——浙江的養蠶業還是興旺不衰。

到站，一下車便貪婪地東張西望。

在習慣的概念中，「故鄉」，就是「最熟識的地方」，而目前我只知地名，對的，方言，沒變，此外，一無是處。夜色初臨，風雪交加，我是決意不尋訪舊親故友的，即使道途相遇，沒有誰能認出我就是傳聞中早已夭亡的某某某，這樣，我便等於一個隱身人，享受到那種「己知彼而彼不知己」的優越感。

在故鄉，食則飯店，宿則旅館，這種事在古代是不會有的。我恨這個家族，恨這塊地方，可以推想烏鎮尚有親戚在，小輩後裔在，好自為之，由他去吧，半個世紀以來，我始終保持這份世俗的明哲。

迷茫中踅入一家規模不小的餐館，座上空空，堂倌過來招呼。

「紅燒羊肉好哦」——好。

「黑魚片串湯，加點雪裡蕻」——嗯，好。

「酒，黃的還是白的」——黃酒半斤。

「熱一熱，要加糖哦」——要熱，不要糖。

從前烏鎮冬令必興吃半肉，但黑魚是不上檯面的，黃酒是不加糖的。

愈吃愈覺得不是滋味，飯也免了，付帳之際問問附近有什麼旅館，說隔壁幾步路就有一家，還乾淨的。

中國大陸的小城市，全是如此這般的宿夜處，無論你是個怎樣不平凡的人，一入這種旅館，也就整個兒平凡了。

兩瓶熱水，溫的。

側臉靠在冷枕上，我暗自通神：祖宗先人有靈，保佑我終於回來了，希望明天會找到老家，你們有什麼話，就在今夜夢中對我說吧。

半夜為寒氣逼醒，再也不能入睡，夢，沒有。窗帘的縫間，透露樓下的小運河，石砌幫岸，每置橋埠，岸上人家的燈火映落在幽黑的河水裡，可見河是在流的，波光微微閃動，周圍是濃重的壓抑的夜色，雪已經停了。

我諒解著：五十年無祭奠無饗供，祖先們再有英靈也難以繼存，魂魄的絕滅，才是最後的死。我，是這個古老大家族的末代苗裔，我之後，根就斷了，傲固不足資傲，謙亦何以為謙——人的營生，猶蜘蛛之結網，臨空起張，但必得有三個著點，才能交織成一張網，三個著點分別是家族、婚姻、世交，到了近代現代，普遍是從市場買得輕金屬三腳架，匆匆結起「生活之網」，一旦架子倒，網即破散。而對於我，三個古典的著點早已隨時代的狂風而去，摩登的輕金屬架那是我所不屑不取的，我的生活之網儘在空中飄，可不是嗎？一無著點——肩揹小包，手提相機，單身走在故鄉的陌生的街上。

早晨還太早，街道黝暗，處處積雪水潭，我的左鞋裂底，吱吱作響。

寒風中冒出熱氣的無疑是點心店，而且照例是中年的店主，照例笑呵呵，照例豆漿粽子，我食不知味地吃完了，天色曦明，我得趕程「回家」。

付錢時，硬幣中混著一枚美國生丁，店主眼尖，挑出來放在掌中端詳。

「你是華僑吧。」

「回來了。」

「這樣早，有要緊事嗎？」

「看看老家，不知在不在。」

「你是烏鎮出生的呀！」

「東柵頭。」

「東柵，現在只有半條街，後半條一片野地了。」

「那，財神灣呢？」

「在，就到財神灣為止。」

我掏褲袋，湊齊三個幣值不同的生丁，送給他玩玩，他歡謝不迭，我更其高興，是他證言了我將不虛此行。

明清年間，烏鎮無疑是官商競占之埠，兵盜必爭之地，上溯則梁的昭明太子蕭統在此讀書，斟酌《文選》。《後漢書》的下半部原本是在烏鎮發現的，唐朝的銀杏樹至今佈葉垂蔭，葱蘢可愛。烏鎮的歷代後彥，學而優則仕，仕而歸則商，豪門巨宅，林園相連，亭榭、畫舫、藏書樓……尋常百姓也不乏出口成章、白壁題詩者，故每逢喜慶弔唁紅白事，賀幛輓聯掛得密密層層，來賓指指點點都能說出一番道理。騷士結社，清客成幫，琴棋書畫樣樣來得，而我，年年「良辰美景奈何天」，小小年紀，已不勝惆悵「賞心樂事誰家園」了。

烏鎮人太文，所以弱得莫名其妙，名門望族的子弟，秀則秀矣，柔靡不起，與我同輩的那些公子哥兒們，明明是在上海北京讀書，嫌不如意，弗稱心，一個個中途輟學，重歸故里，度他們優裕從容的青春歲月，結婚生子，以為天長地久，世外桃源，熟料時代風雲陡變，一夕之間，王孫末路，貧病以死，幾乎沒有例外。我的幾個表兄堂弟，原都才華出眾滿腹經綸，皆因貪戀生活的旖旎安逸，株守家園，卒致與家園共存亡，一字一句也留不下來。

過望佛橋，走一陣，居然就是觀音橋，我執著了方向感，可以自主地向我的「童年」走去。

當年的東大街兩邊全是店鋪，行人摩肩接踵，貨物庶盛繁縟，炒鍋聲、鋸鉋聲、打鐵聲、彈棉絮聲、碗盞相擊聲、小孩叫聲、婦女罵聲……現在是一片雪後的嚴靜，毗連的房屋俱是上下兩層，門是木門，窗是板窗，皆髹以黑漆——這是死，死街，要構成這樣肅穆陰森的氛圍是不容易的，是非常成熟的一種絕望的儀式，使我不以為是目擊的現實，倒像是落在噩夢之中，步履虛浮地往前走，我來烏鎮前所調理好的老成持重的心境，至此驟爾潰亂了。

這一段街景不是故物，是後來重修的「旅遊」賣點，確鑿是「明式」，明朝江南市廛居宅的款式，然而那是要有粉牆翠枝紅燈青帘夾雜其中，五色裳服寶馬香車往來其間，才像個太平盛世，而現在是統體的黑，沉底的靜，人影寥落，是一條荒誕的非人間的街了。

行到一個曲折處，我本能地認知這就是「財神灣」，原係東柵市民的遊娛集散之地，木偶戲、賣梨膏糖放餤口，都在這片小廣場上，現在竟狹隘灰漠，一派殘年消沉的晦氣。

「請問，這裡是財神灣吧！」

「是呀！」鬚髮花白的那叟相貌清癯。

「怎麼這樣小了呢？」

「河泥漲上來，也不疏濬，愈弄愈小了。」

「這裡不是有爿香山堂藥材店嗎？」我指指北面。

「對，關掉了，早就關掉，東柵已經沒有市面。」

「那邊，他們在吃茶的地方，不是有一家很大的魚行嗎？」

「魚行，魚行隔壁是肉莊。」

「肉莊對面是刨菸作場。」

「你是烏鎮人嗎？」

「我生在這裡，五十年沒有回來了。」

「那你在哪裡呢？」

「在美國。」

「你五十年前就到美國去了呀？」

「不，十五年前才離開中國的。」

為免那叟更深的盤問，便握手告別，轉身往回走。

憑記憶，從灣角退二十步，應是我家正門的方位。

可是這時所見的乃是一堵矮牆。

原本正門開在高牆之下，白石鋪地，綠槐遮蔭，堅木的門包以厚鐵皮，佈滿網格的銅饅頭，兩個獅首啣住銅環，圍牆頂端作馬鞍形的起伏，故稱馬頭牆，防火防盜，故又名封火牆。

現實的矮牆居中有兩扇板門，推之，開了。

大片瓦礫場，顯得很空曠，盡頭，巍巍然一座三間的高屋，棟柱樑椽撐架著大屋頂，牆壁全已圮毀——我突然認出來了，這便是正廳，懸堂名匾額的正廳，楹聯跌落，主柱俱在……

廳後應是左右退堂，中間通道，而今也只見碎磚蒿萊。

我神思恍惚，就像我是個使者，啣命前來憑弔，要將所得的印象回去稟告主人，這主人是誰呢。

踏入汙穢而積雪的天井，一枝猙獰的枯木使我驚詫，我家沒有這樣惡狠狠的樹的，我離去後誰會植此無名怪物，樹齡相當高了，四、五十年長不到這樣粗的。

東廂，一排落地長窗，朝西是八扇，朝南是六扇，都緊閉著——這些細櫺花格的長窗應得是褐色的、光緻的、玻璃通明的，而今長窗的上部蝕成了鐵銹般的汙紅，下部被霉苔浸腐為濁綠，這樣的悽紅慘綠是地獄的色相，棘目的罪孽感——我向來厭惡文學技法中的「擬人化」，移情作用，物我對話，都無非是矯揉造作傷感濫調，而此刻，我實地省知這個殘廢的，我少年時候的書房，在與我對視——我不肯承認他就是我往昔的娜嬛寶居，他堅稱他曾是我青春的精神島嶼，這樣僵持了一瞬間又一瞬間……整個天井昏昏沉沉，我站著不動，輕輕呼吸——我認了，我愛悅於我的軟弱。

外表剝落漫漶得如此醜陋不堪，頑強支撐了半個世紀，等待小主人海外歸省。

因為我素來不取「擬人化」的末技，所以這是我第一次採用，只此一次，不會再有什麼「物象」值得我破格使用「擬人化」的了。

再內入，從前是三間膳堂，兩個起居室，樓上六大四小臥房，現在還有人住著，如果我登樓，巡視一過，遇問，只說這是我從前的家宅，所以我來看看。

走到樓梯半中，止步，擅入人家內房又何苦呢。

樓梯的木扶欄的雕花，雖然積垢蒙塵，仍不失華麗精緻，想我自幼至長，上上下下千萬次，從來沒曾注目過這滿梯的雕飾，其實所有錦衣玉食的生涯，全不過是這麼一回懵懂事。

復前進，應是花廳、迴廊、藏書樓、家塾課堂、內帳房、外帳房、客房，隔一天井，然後廚房、傭僕宿舍、三大貯物庫、兩排糧倉，然後又是高高的馬頭牆，牆外是平坦的泥地空場，北面盡頭，爬滿薜荔和薔薇的矮牆，瓦砌的八寶花格窗，月洞門開，便是數十年來魂牽夢縈的後花園——亭臺樓閣假山池塘都杳然無遺跡，前面所述的種種屋舍也只剩碎瓦亂磚，野草叢生殘雪斑斑，在這片大面積上嘲謔似地蓋了一家翻砂軸承廠，工匠們正在爐火通紅地勞作著。

再往後望，桑樹遍野，茫無邊際的樣子了。

不遠，就是蕭統的讀書處，原是一帶恢宏的伽藍群，有七級浮屠名壽勝塔者，而今只見彤雲未散的灰色長天，烏鴉盤旋聒噪。

剷除一個大花園，要費多少人工，感覺上好像只要吹一口氣，就什麼都沒有了。

我漸漸變得會從悲慘的事物中翻撥出羅曼蒂克的因子來，別人的悲慘我尊重，無言，而自身的悲慘，是的，是悲慘，但也很羅曼蒂克，此一念，誠不失為化愁苦為怡悅的良方，或許稱得上是最便捷的紅塵救贖，自己要適時地拉自己一把呵。

永別了，我不會再來。

剛纔冷寂的街這時站著好些男男女女。

「你回來啦，幾十年不見了。」

「你小時候清瘦，現在這樣壯，不老。」

「到我家去坐坐，吃杯茶哪。」

「你小時候左耳朵戴只金環的。」

「你倒還想著烏鎮的呀，真好。」

「那時候我常到你府上來替你理髮……」

必是財神灣所遇之叟通報了消息，他不知道我來此地是看「物」不看「人」的。好多年前故鄉就謠傳著我的死訊，十足是「家破」、「人亡」，怎麼這位弱不禁風的「少爺」健步如飛地回來了呢。

我巧言令色地擺脫了這群鄉鄰，走不到十步，那清癯之叟迎面而來，握住我的手，滿面笑容：

「烏鎮風水好，啊，好，烏鎮風水好。」

這樣的恭維使我很為難，我不能貿然表謙遜，因為他並沒有專指是誰應驗了好風水。我倒注意到他花白的上唇髭剪得刷齊，像是他回家用心剪齊了再來會我一面的，那可真是風水好了。

不分東南西北只要是殘賸的街道市面，我就穿巷越陌唯舊觀是圖。

烏鎮的西南部已是新興的工業區和住宅區，而東柵北柵，運河兩岸大抵是明清遺迹，房屋傾頹零落，形同墓道廢墟，可是都還住著人，門窗桌椅，動用什物，一概陳舊不堪，這些東西已不足出賣，也沒人竊取，它們要怎樣才會消失呢。

茶館，江南水鄉之特色，我點燃紙菸，斜簽倚定在小橋的石欄上，便於觀望茶館的全景，陽光淡淡地從彤雲間射下，街面亮了些，茶館內堂很暗，對面又是一條較寬的河，反映著鈍白的天光，人物為水形就的背景所襯托，便成了剪影。

茶客都是中年以上的男人，臉色衣著鞋帽與木桌板凳牆柱，渾然一色，是中性的灰褐，沒有太深的，沒有太淺的——要結成這樣平穩協調的局面，殆非一時人工之所能及，這是自然而然，有限度的天老地荒，他們是上一個時代的孤哀子，新時代猶如暴虐的後父，日未出而作，日入而不能息，帝力把他們折磨得夠了。從前上茶館的人是實在有話要說，現今坐在茶館裡的人是實在無話可說。

菸蒂燒及手指，我一驚而醒。

走過石橋，橋堍有埠級可下及水面，江南運河的水是淡綠的，含糊的，芸芸眾庶幾百年幾百年地飲用過來。

兒時，我站在河埠頭，呆看淡綠的河水慢慢流過，一圓片一圓片地拍著岸灘，微有聲音，不起水花——現在我又看到了，與兒時所見完全一樣，我愕然心喜，這豈非類似我慣用的文體嗎，況且我還將這樣微有聲息不起水花地一圓片一圓片地寫下去。

我徂北美　慆慆十載　我來自東　零雨其濛
我西曰歸　我心東悲　蜎蜎者蠋　烝在桑野
敦彼獨宿　亦在車下　伊威在室　蠨蛸在戶
不我畏也　里可懷也

一九九五年・歲闌

木心作品集

哥倫比亞的倒影

作　　者　木　心
總 編 輯　初安民
責任編輯　何宇洋　施淑清
美術編輯　黃昶憲　林麗華
校　　對　何宇洋

發 行 人　張書銘
出　　版　INK 印刻文學生活雜誌出版股份有限公司
新北市中和區建一路 249 號 8 樓
電話：02-22281626
傳真：02-22281598
e-mail：ink.book@msa.hinet.net
網　　址　舒讀網 http：//www.inksudu.com.tw

法律顧問　巨鼎博達法律事務所
施竣中律師
總 代 理　成陽出版股份有限公司
電話：03-3589000（代表號）
傳眞：03-3556521
郵政劃撥　19785090　印刻文學生活雜誌出版股份有限公司
印　　刷　海王印刷事業股份有限公司

港澳總經銷　泛華發行代理有限公司
地　　址　香港新界將軍澳工業邨駿昌街 7 號 2 樓
電　　話　852-27982220
傳　　真　852-27965471
網　　址　www.gccd.com.hk

出版日期　2012年10月　初版
2024年 8 月 15 日　初版三刷
定　　價　260元
ISBN　978-986-5933-21-0

Copyright ©2012 by Mu Xin
Published by INK Literary Monthly Publishing Co., Ltd.
All Rights Reserved
Printed in Taiwan

國家圖書館出版品預行編目資料

哥倫比亞的倒影／木心 著；
--初版, --新北市中和區：INK印刻文學，
2012. 10　面；　公分.
ISBN　978-986-5933-21-0（平裝）
855　　101010560

版權所有・翻印必究
本書如有破損、缺頁或裝訂錯誤，請寄回本社更換

舒讀網